Pour

Florian

que je suis heureux d'inviter dans l'ombre de H.P. Lovecraft.

amitiés

SEMPER · MORIENDUM · EST · QUOD · IN · PERPETUUM · DORMIENS

AGENCE LOVECRAFT

LIVRE 1 : LE MAL PAR LE MAL

Direction des publications : Stéphanie Baronchelli
Direction artistique : Tiphaine Rautureau
Suivi éditorial et maquette : Romain Allais
Correction : Maud Placines Charier
Couverture : Vaderetro

WWW.GULFSTREAM.FR

ISBN : 978-2-35488-945-6
Loi 49-956 du 16 juillet 1949 sur les publications destinées à la jeunesse

JEAN-LUC MARCASTEL

SEMPER · MORIENDUM · EST · QUOD · IN · PERPETUUM · DORMIENS

AGENCE LOVECRAFT

LIVRE 1 : LE MAL PAR LE MAL

Gulf stream éditeur

Pour mon père,
ce merveilleux lecteur
qui m'a donné le goût de ces rectangles de papier,
et m'a tendu, un jour, mon premier Lovecraft.
Sans lui, ce récit n'aurait jamais existé.

Pour toi, Louis,
mon premier lecteur,
dont l'enthousiasme et les grands yeux pleins de rêves
ont toujours été mon plus beau moteur.

Pour H. P. Lovecraft, son génie tourmenté
et son extraordinaire création.
Que serait le monde
sans les tentacules de Cthulhu
pour donner leur saveur
à nos plus beaux cauchemars ?

Pour Lionel, mon ami et frère de cœur,
son talent, et toutes ces fabuleuses parties
de L'Appel de Cthulhu,
dans la pénombre de ces salles de classe abandonnées
qui s'y prêtaient si bien.

Pour toute l'équipe de Gulf stream éditeur,
dont je sais certains
eux aussi imprégnés de Cthulhu…
Allez, ne vous cachez pas !
Merci à vous pour votre confiance.

CHAPITRE 1
La cité de l'indicible peur

— Cours Ryan ! Cours ! Ils arrivent !

Un éclair déchira le ciel, sa lumière éclaboussant les toits et les pavés détrempés de la ville, alors que les deux garçons détalaient à travers la rue déserte, dans la nuit fouettée de trombes d'eau.

Ce n'était vraiment pas un soir à mettre un chat dehors, et encore moins deux adolescents de douze ans. La tempête venue du large battait la petite cité portuaire aux maisons tristes et grises comme si elle avait voulu la noyer de toutes les larmes du ciel.

Celui qui courait en tête dérapa sur le sol mouillé et manqua s'effondrer. Le second le rattrapa de justesse et le catapulta dans une ruelle s'ouvrant juste à leur droite, entre deux façades de briques sombres et crasseuses. Il s'y enfonça à sa suite.

À peine avait-il disparu qu'une lumière violente balaya la rue : les phares d'une camionnette d'un autre temps qui déboula au tournant et passa en grondant sans ralentir.

Depuis l'ombre aux relents de poisson et de pourriture dans laquelle ils s'étaient réfugiés, Ryan devina le profil du conducteur, un visage au nez presque inexistant, aux gros yeux globuleux, ce masque qu'il avait appris à craindre et à détester.

La voiture s'éloigna, le bruit de son moteur se dilua dans le claquement de la pluie.

Ryan posa sa tête contre la brique noircie et ruisselante. Il ferma un instant les paupières et reprit son souffle.

Il se serait bien agenouillé, voire assis à même le pavé trempé pour reposer ses jambes et calmer les battements affolés de son cœur, mais la voix de Jonathan, à côté de lui, le ramena à la réalité.

— On peut pas rester ici, Ryan. Ils vont nous trouver.

Ryan ouvrit les yeux et se tourna vers son frère.

Jonathan, lui aussi, s'était appuyé contre le mur, comme s'il voulait s'y enfoncer. Son visage harmonieux, qu'il tenait de leur mère, était creusé et marqué. Ses cheveux bruns, alourdis de pluie, dégoulinaient dans son col. Ses grands yeux sombres, cernés par l'angoisse, faisaient peine à voir.

Ryan, en le regardant, savait très exactement l'image qu'il devait renvoyer lui-même, puisqu'ils étaient jumeaux.

Il sentait son cœur cogner contre ses côtes, à lui défoncer la poitrine. Jamais, de toute sa vie, il n'avait couru autant que cette nuit, depuis qu'ils avaient quitté la maison de leur oncle et s'étaient enfoncés dans les ruelles de cette ville maudite.

Innsmouth, c'est comme ça qu'elle s'appelait… Petite cité portuaire tranquille et sans histoire, où le temps semblait s'être arrêté quelque part au milieu du XXe siècle tant tout, ici, paraissait vieux et sale.

Cette ville qu'ils tentaient de fuir, elle, tous ses habitants, et surtout leur propre « famille »... Ceux qui les recherchaient.

Une nouvelle rafale de vent glacial, chargée de pluie, s'engouffra dans la ruelle et les fouetta. Il sentit le désespoir l'envahir.

— On n'y arrivera jamais, Jonah. Ils vont nous rattraper, c'est sûr... Ils vont nous rattraper et ils vont nous faire disparaître, comme les autres...

Il allait continuer, déverser sa peur qu'il sentait monter à chaque syllabe à mesure qu'il formulait ses craintes. Jonah ne le laissa pas faire.

L'attrapant par l'épaule, il le secoua. Se plantant devant lui et serrant les doigts, il l'assura d'une voix ferme :

— Hé Ryan ! Ils nous auront pas, tu m'entends ? Ils nous auront pas. Pas tant que je serai là. Je te laisserai pas tomber, OK ? OK ?

Comme il attendait une réponse en plongeant ses yeux sombres dans les siens, Ryan murmura :

— OK...

— T'as dit quoi, là ? le relança Jonah. J'ai pas bien entendu.

— OK, répéta Ryan un peu plus fort.

Alors même qu'il prononçait ces deux syllabes, un nouvel éclair zébra le ciel en larmes, aussitôt suivi d'un grondement formidable.

Jonathan porta la main à son oreille.

— Quoi ?

— OK ! J'ai dit OK ! cria Ryan de toutes ses forces. On va réussir.

Jonah hocha la tête.

— Bien. Mais tâche de pas l'oublier.

— Mais où on va aller, Jonah ? demanda Ryan, alors que son frère lançait un regard vers l'entrée de la ruelle. On connaît personne et…

— Chaque chose en son temps, frangin. Pour commencer, on se tire d'ici, après on retourne à Boston… Là-bas on trouvera bien quelqu'un à qui raconter notre histoire. On ira aux services sociaux, à la police… On verra.

Il acheva, en se tournant vers lui.

— Ce soir, l'objectif, c'est d'abord filer d'ici. On se concentre là-dessus, OK ?

— OK, approuva Ryan encore une fois.

Jonah avait toujours été le plus déterminé des deux, celui qui dirigeait, pas de manière tyrannique ou en imposant sa volonté, mais avec une autorité naturelle. Jonah décidait, Ryan suivait. Il avait hérité de leur mère son caractère doux et contemplatif, Jonah de leur père son côté combatif. Ils se complétaient bien.

Jonah n'avait peur de rien. Lui était plutôt angoissé. Cette nuit, il était servi.

— Allez on y va ! ordonna soudain Jonah, prononçant les mots exacts que Ryan craignait d'entendre.

Sans attendre davantage, il poussa Ryan devant lui, le propulsant dans la grande rue sur laquelle débouchait la venelle.

Les façades de briques sombres s'alignaient les unes à côté des autres, dans la nuit démontée et mouillée. Seule la lueur de quelques réverbères jaunes et sales, qui devaient au moins avoir cent ans, poinçonnait les ténèbres poisseuses alourdies de pluie.

Jonah indiqua un panneau rouillé, à leur droite, sur lequel on devinait encore à moitié les lettres « Boston ».

— Par là !

Ils s'élancèrent, courant sur le trottoir détrempé, se tenant loin de la clarté chiche des lampadaires, de crainte qu'on ne les voie.

Ryan imaginait mille regards pesant sur eux depuis les fenêtres sombres qui s'ouvraient dans les sinistres façades comme autant d'yeux hostiles.

Et maintenant qu'il y songeait… il n'y en avait pas une d'où filtrait la moindre lumière. La ville était déserte, ou ses habitants vivaient dans le noir.

Ils étaient presque parvenus au bout de la rue, où les immeubles commençaient à s'espacer pour céder la place aux entrepôts, quand deux silhouettes sortirent d'une des maisons en brandissant de longues lampes torches dont les faisceaux balayèrent la rue.

Ryan les entrevit, mais les deux ombres, découpées par la lueur jaunâtre d'un réverbère, lui laissèrent une impression désagréable… dans leur allure, leur manière de bouger.

Les deux hommes avaient beau se tenir debout, dans leur long pardessus sombre, leur posture voûtée, cette manière de balancer les épaules, leur démarche, comme une grenouille qu'on aurait forcée à marcher sur deux jambes, avaient quelque chose de grotesque, d'inquiétant…

Pire encore, dans la clarté sale tombée du luminaire, leur visage, large et plat, au nez presque inexistant, à la grande bouche dénuée de lèvres, avait un « je-ne-sais-quoi » de huileux, de répugnant, comme ces yeux immenses et globuleux.

Ils allaient les voir, c'était inévitable.

Son regard de bête traquée fit le tour de la rue... Aucune venelle, aucun renfoncement entre deux façades où se cacher. Ils étaient faits.

Il fallut que Jonathan le tire par l'épaule et lui désigne le camion stationné juste à côté d'eux pour qu'il sorte de son immobilité.

Ryan fixa un instant Jonah sans comprendre, avant que son frère ne se baisse et ne se glisse sous le véhicule en le tirant par le pantalon.

Il hésita, alors que Jonah disparaissait entre les roues... Avant qu'un des « hommes » ne se tourne vers lui et braque dans sa direction le faisceau de sa lampe torche, il imita Jonah. Il se cogna la tête au passage, comme le rayon lumineux balayait la carrosserie du véhicule.

Allongé à même le pavé détrempé, d'où montaient à ses narines des odeurs de gomme, de gasoil, et d'autres plus douteuses encore, Ryan priait pour que les deux « hommes » ne les aient pas vus.

À quelques centimètres du sien, le visage de Jonah, lui aussi, n'était qu'attente et angoisse. Dix secondes... vingt... trente... Ryan retenait son souffle.

Il s'apprêtait à le relâcher quand le pinceau de lumière éclaboussa le trottoir juste devant le camion.

Il se figea. S'il avait pu arrêter son cœur, il l'aurait fait aussitôt, tant il avait l'impression que ses battements devaient s'entendre de l'autre côté de la rue.

La lumière repartit, revint.

Un étrange claquement se rapprochait…

Ryan faillit crier quand il vit deux pieds nus apparaître entre les roues… Deux pieds nus anormalement longs, aux orteils interminables et griffus, à la peau luisante… Une peau couverte d'écailles… Des écailles de poisson.

Une voix grogna, désagréable, à mi-chemin entre la parole articulée et le coassement, comme si celui qui s'exprimait le faisait du fond d'une mare.

— Qu'est-ce que tu fous ?

Une seconde voix, celle de « l'homme » qui se tenait tout près du camion, répondit sur le même ton :

— J'ai cru voir…

— T'as rien vu ! Y sont pas là ces putains de gosses…

— Mais où y peuvent être ? grommela l'individu dont un des pieds monstrueux tapotait le trottoir dans un bruit flasque.

— Je sais pas… Mais on va pas tarder à le savoir…

Il y eut un rire affreux, glougloutant.

— *Les autres* seront bientôt là et eux ils les sentiront… Ils pourront pas se cacher longtemps.

Les autres… « L'homme » avait mis un tel accent sur ces deux mots que Ryan en eut un frisson… De qui, ou de quoi parlait-il ?

— Et une fois qu'on les aura ? demanda le premier.

— On les amène au Rocher du Diable. Les anciens sauront quoi en faire… Soit ils changeront et deviendront des nôtres… soit…

— *Les autres* se régaleront, termina le premier.

Le second eut un rire hideux. Ryan, hypnotisé par ces pieds, se mordait les lèvres pour ne pas hurler, quand ils firent demi-tour et s'éloignèrent tous les deux.

Le claquement mou décrut… finit par se confondre avec celui de la pluie.

« Un cauchemar… C'est un cauchemar », songea Ryan du fond de sa terreur.

Un cauchemar qui avait commencé six mois plus tôt, avec la mort de leurs parents dans cet étrange accident…

CHAPITRE 2

Une fugue à Paris

Elle courait.

Ses longs cheveux blonds auréolant ses traits comme un nimbe emmêlé, son visage d'ange et ses yeux clairs marqués par la peur, si grands qu'on les aurait crus tirés d'un manga nippon, elle courait.

Une bruine légère, de celle qui peut durer des heures sans se lasser, enveloppait les quais de Seine dans la grisaille incertaine du petit jour.

De l'autre côté du fleuve miroitant aux lumières de la ville, elle devinait les hautes façades de bâtiments blancs. Plus loin, se perdant dans le crachin froid, se dressaient les formes géométriques et luisantes de tours de verre et d'acier.

Plus près, le long du quai et de la promenade, s'alignaient les péniches, charmantes et rustiques, certaines couvertes de végétation, de véritables jardins flottants.

Mais elle n'avait ni le temps ni l'envie de les contempler, le bucolique de ce paysage ne pouvait l'émouvoir.

Depuis combien de temps courait-elle ainsi ? Elle ne s'en souvenait plus… Une éternité, lui semblait-il, une éternité de nuit, de froid, de rues désertes, depuis qu'elle s'était échappée de ce laboratoire, de ces hommes en blouse blanche qui venaient lui faire des injections, des prélèvements, lui faisaient mal, avec leurs aiguilles, leurs scalpels…

Pourquoi était-elle là-bas ? Elle croyait se rappeler les mots « tumeur au cerveau », « trouble de la mémoire »… mais elle n'était plus sûre de rien.

Si seulement elle avait eu quelques secondes pour se poser et penser.

Lui revenaient des impressions, une maison… Sa maison, elle en était sûre, grande, avec un beau jardin et des visages bienveillants… Ceux de ses parents, et un autre, celui d'une jeune fille blonde qui lui ressemblait beaucoup… Sa sœur ? Mais elle ne pouvait mettre de nom sur aucun d'eux.

Après… Après il y avait cet hôpital, ce centre, cette chambre où on l'avait enfermée, retenue… Elle voulait sortir, mais on ne la laissait pas partir.

Et puis il y avait autre chose, quelque chose qui, même à cet instant, alors qu'elle courait en titubant vers le pont qui enjambait la Seine, là-bas, de ses entretoises de fer, lui tira un frisson, la terrifia à son simple souvenir… Une chose noire, mouvante, informe, énorme, juste à côté d'elle, une chose qui avait des yeux, des dizaines d'yeux, gros, petits, qui la regardaient à travers une vitre, et puis des bouches, des bouches difformes, sans lèvres, pleines de dents, qui s'ouvraient et se fermaient, un cauchemar de chair noire, irisée, qui se déformait, tendait des bras, des pinces, des…

Une fugue à Paris

Montait de ce cauchemar huileux un étrange sifflement, doux et bas à la fois, comme celui d'une flûte ou d'une harpe éolienne, comme elle pressait contre la vitre et qu'elle sentait une douleur croître sous son crâne, de plus en plus forte, de plus en plus terrible.

Elle hurlait, la vitre explosait. La chose, la chose noire, se déversait dans la chambre, se…

Elle croyait se souvenir de la porte qui se brisait alors qu'elle se levait, qu'elle courait pour fuir.

Elle voyait des soignants en blouse blanche, leurs visages déformés par la peur. Elle les bousculait. La chose la talonnait, elle entendait son sifflement flûté tout autour d'elle.

Il y avait des couloirs, des hurlements, un ascenseur, un hall, puis la rue… et ces hommes en noir qui la pourchassaient depuis.

Au moins avait-elle laissé derrière elle la monstruosité qui la traquait dans le centre.

Ne restait plus maintenant qu'à semer ses poursuivants humains.

Comment était-elle arrivée ici, sur ce quai, au bord de Seine ? Elle s'était laissé guider par son instinct et les vagues souvenirs qu'elle conservait encore. Elle était sûre de connaître ces lieux, ce haut bâtiment qui s'élevait à sa droite, au-dessus des escaliers : la gare d'Austerlitz.

Elle venait ici quand elle rentrait chez elle, même si elle ne savait plus où se trouvait ce « chez elle »… C'était déjà un début.

Si elle parvenait à prendre un train, elle échapperait peut-être à ceux qui la pourchassaient depuis le centre, ces hommes en combinaison noire, au visage casqué, aux oculaires verts luminescents, comme des yeux d'insecte.

Elle se retourna pour lancer un regard derrière elle. Personne.

Ils n'étaient pas encore là. Mais ils ne tarderaient pas. Ils ne la lâchaient pas depuis sa fuite du centre.

Elle percuta un homme qui manqua tomber à la renverse, et ne retrouva son équilibre que de justesse.

Elle tituba, se répandit en excuses embrouillées.

Elle allait continuer son chemin quand celui qu'elle avait heurté, un trentenaire athlétique en tenue de jogging qui, comme beaucoup de Parisiens, profitait du calme matinal pour faire son exercice quotidien, l'apostropha :

— Mademoiselle !

Il avait un léger accent anglais, un Britannique peut-être.

— Vous ne devriez pas être dehors habillée ainsi. Que vous arrive-t-il ?

Il paraissait sincèrement inquiet pour elle. Qui ne l'aurait pas été en découvrant, dans le froid humide du petit jour, cette fée blonde échevelée, aux immenses yeux bleus égarés, dans son pyjama déchiré, pieds nus. N'importe quelle personne normalement constituée lui aurait proposé son assistance.

Il ne fit pas exception à la règle, s'approchant d'elle, les mains levées en signe d'apaisement, comme s'il craignait qu'elle ne prenne la fuite. Il demanda, un sourire rassurant sur son long visage chevalin à la fine moustache blonde.

— Comment vous appelez-vous ?

Une fugue à Paris

La question lui parut incongrue. Comment s'appelait-elle ? Oui, c'était vrai, elle avait certainement un nom, tout le monde a un nom… Le sien, le sien était…

— Marie, affirma-t-elle de sa voix claire, une voix en accord avec son visage, étonnée d'avoir pu répondre.

Elle s'appelait donc Marie.

L'homme hocha la tête et ouvrit la bouche…

Un sifflement. Quelque chose fila juste à côté de l'oreille de Marie pour venir se ficher dans le cou du « Britannique » avec un bruit mat.

Une expression de surprise passa sur le visage du bon samaritain. Sa main se porta à son cou, en retira une longue capsule prolongée d'une aiguille, qu'il fixa d'un regard d'incompréhension, un regard qui se posa sur Marie, puis sur quelque chose derrière elle… Il s'effondra.

Sachant déjà ce qu'elle allait voir, elle se retourna, pour découvrir les deux silhouettes revêtues d'armure noire, au casque massif hérissé de capteurs, qui s'approchaient sur la promenade.

Elle poussa un étrange cri et fila vers les escaliers qui montaient en direction de la gare d'Austerlitz, dont la forme claire se dressait, à sa droite, sur la grisaille du ciel poisseux.

Derrière elle, elle entendit un cri étouffé. Un projectile siffla à nouveau à son oreille et la manqua de peu.

Elle avala les marches quatre à quatre, déboucha sur l'esplanade menant à la gare.

Aucun endroit où se cacher. Elle devrait courir jusqu'aux portes. Ils l'auraient en ligne de mire. Ils ne pourraient la rater.

Il y avait des travaux sur le parvis. Sur sa gauche, juste en haut des escaliers, on avait installé un bungalow de chantier.

Poussée par une impulsion subite, au lieu de s'élancer à travers l'esplanade, elle contourna la grosse boîte de ferraille et se dissimula derrière.

Elle n'eut pas à attendre longtemps.

Les pas lourds des bottes renforcées montèrent les marches… s'arrêtèrent. Une voix étouffée s'éleva :

— Merde ! Où il est passé ?

— Je sais pas, mais fais gaffe. L'est vachement dangereux, répondit une seconde voix sur le même ton.

— C'est qu'une gosse, protesta l'autre. On la shoote. Dodo, et on la ramène.

— Pas se fier aux apparences qu'il a dit, le chef. T'as vu la porte de sa cellule ?

Les voix se rapprochaient, par la droite, du côté du quai.

Plaquée au métal, elle attendait.

Elle ne comprenait pas de qui ils parlaient. Qui était ce « il » ? Elle n'était plus sûre de grand-chose. Sa mémoire déraillait, mais elle savait quand même qu'elle était une fille.

— Ouais… j'ai vu, grommela le premier.

Un silence, un étrange bruit, comme un bip, insistant.

— Hé ! Attends… Elle est… Merde !

Comprenant qu'ils l'avaient découverte d'une manière ou d'une autre, elle vit le bout du canon d'une arme, celle qui projetait les seringues, dépasser du coin du bungalow de chantier.

Elle le saisit, tira…

Une fugue à Paris

L'homme fut entraîné en lâchant un cri de surprise.

Elle ne pouvait distinguer son visage, mais elle devina sa stupeur quand elle le frappa de ses deux mains à plat, de toutes ses forces.

Il s'envola littéralement au-dessus du parapet en une magnifique parabole pour retomber sur la promenade, cinq mètres plus bas, dans un bruit sourd et un cri étouffé.

Le second, stupéfait, suivit des yeux la courbe décrite par son acolyte… juste le temps qu'elle se rue sur lui et, le saisissant à bras-le-corps, lui fasse subir le même sort.

Sans ralentir, alors qu'il s'écrasait à son tour sur les quais, elle infléchit sa course et fila en direction de la gare, petite silhouette aux pieds nus qu'on n'aurait jamais crue capable de catapulter ainsi deux malabars en armure de combat comme de vulgaires sacs.

Elle arrivait de l'autre côté de l'esplanade quand un énorme 4×4, hybride entre le tank et la voiture de course, surgit sur la place dans un rugissement de moteur, dérapa, pivota sur lui-même et la heurta de plein fouet, dans un bruit de tôle, avec une violence inouïe.

Projetée cinq mètres en arrière, elle roula plusieurs fois sur elle-même avant de s'immobiliser sur le bitume, comme une poupée brisée.

Déjà, les portières du véhicule s'ouvraient pour vomir trois hommes en combinaison noire qui se ruaient vers elle.

CHAPITRE 3

Les deux Sergueï

— Vous vous appelez Sergueï Piatichev, c'est bien ça ?

Le psychologue avait un visage mou, indécis. Le genre de visage qu'on oublie aussitôt entrevu. Sergueï se demanda un instant s'il était vraiment psychologue. Ce type aurait été parfait comme agent du FSB[1] ou du SVR[2]. Peut-être en était-il un.

Mais pourquoi le SVR se serait-il intéressé à lui ?

Il répondit, sobre et sage :

— Oui.

On l'avait fait venir de son orphelinat jusqu'à cette clinique. Il devait suivre les tests psychologiques et l'évaluation qu'on lui imposait, après son dernier « accès ». Sergueï connaissait l'administration de son pays, héritage lointain de l'époque soviétique. Il savait

---

1. Service fédéral de sécurité de la fédération de Russie (équivalent du FBI américain).

2. Service des renseignements extérieurs de la fédération de Russie (équivalent de la CIA américaine).

qu'il avait intérêt à coopérer s'il ne voulait pas passer un mois, ou davantage, entre ces murs…

— Et vous êtes à l'orphelinat n° 4, rue Kaminskiev, c'est ça ?

— Oui, répondit une fois encore Sergueï, alors que s'imposait à lui l'image des vieux bâtiments gris et tristes, leurs salles aux plafonds hauts, glaciales en hiver, le dortoir et ses lits en fer, aux sommiers qui grinçaient abominablement et vous valaient les foudres du surveillant et de vos voisins si vous aviez le malheur de trop bouger dans votre sommeil.

— Comment est-il ?

— Quoi ?

— L'orphelinat, comment est-il ?

— Très bien, répondit Sergueï, qui se retint de dire ce qu'il pensait vraiment, à savoir que les bâtiments étaient vieux et sales, les surveillants brutaux, pires pour certains, que c'était une jungle où il avait appris à survivre, à devenir le plus fort.

Non, tout cela, il ne le dirait pas. De toute manière, ce type devait déjà le savoir. Il le testait.

— Vous savez pourquoi vous êtes ici ?

Il avait abaissé ses lunettes sur son nez et le regardait par-dessus ses montures, ce qui avait l'art d'exaspérer Sergueï.

— Oui, à cause de ce qui m'est arrivé… Mon changement de personnalité.

— C'est cela, approuva le psychologue dont la silhouette rondelette se découpait sur les grandes fenêtres de son bureau, par lesquelles entrait la clarté pâle d'un jour hivernal.

Les deux Sergueï

La neige tombait dehors, recouvrant la ville d'un manteau blanc. La Neva avait gelé. L'hiver s'annonçait froid. À l'orphelinat, on commençait à se battre pour les couvertures.

Le psychologue poursuivait déjà, feuilletant son dossier qu'il venait d'ouvrir comme s'il le découvrait.

— Je lis ici que vous avez eu, il y a deux ans, un étrange accès. On dit que vous étiez en plein championnat de lutte…

Il avait levé ses petits yeux de taupe du dossier et le fixait.

— Vous faites de la lutte ?

— Je suis champion de lutte, oui.

— Que vous étiez en plein championnat de lutte, donc, quand vous vous êtes tétanisé et que vous êtes tombé. C'est bien ça ?

— Je ne sais pas, Monsieur, j'étais inconscient.

Et c'était vrai. À partir de ce moment-là, il ne gardait plus aucun souvenir. La dernière chose qu'il se rappelait, c'était qu'il était en train de battre Piotr, le champion de sa catégorie, et soudain, en plein triomphe… plus rien.

— Ah ! Oui, c'est vrai… Où avais-je la tête ? approuva le psychologue en tournant la page. On dit que vous êtes resté pendant deux heures immobile, sans réaction…

Il leva à nouveau les yeux par-dessus ses lunettes, attendant… attendant quoi ?

Que pouvait-il répondre ? De cela, il ne gardait aucun souvenir, pas plus que des deux ans qui avaient suivi.

Le psychologue continua donc :

— Selon les témoignages de ceux qui se sont occupés de vous, vous avez retrouvé l'usage de vos membres même si, les premières heures, vous sembliez extrêmement maladroit, comme un enfant qui vient de naître.

Nouveau regard.

— Vous ne parliez pas… puis vous avez commencé à articuler des syllabes incompréhensibles, puis des mots, et enfin, au bout de deux jours, des phrases… Après une semaine, vous parliez de nouveau normalement. Mieux que d'habitude même.

— Si vous le dites, répondit Sergueï.

— C'est ce qui est écrit là.

Le psychologue avait quitté ses lunettes et en tapotait le dossier.

— Vous avez donc retrouvé votre place à l'orphelinat.

Il marqua un temps avant de poursuivre, fronçant les sourcils comme si ce qu'il lisait le troublait profondément.

— Mais tous ceux qui vous connaissaient vous ont trouvé métamorphosé… une autre personne, calme, posée, réfléchie, distante, très distante, ce sont les mots qui sont employés… Tout le contraire de votre personnalité habituelle.

— Ça, c'est sûr ! s'exclama Sergueï, qui ajouta aussitôt : Monsieur.

Le psychologue le toisa d'un regard froid.

— Certains emploient même le mot… effrayant.

Il lui lança un nouveau coup d'œil, comme s'il tentait de faire cadrer cette description avec l'adolescent blond et athlétique qui se tenait devant lui. On pouvait dire pas mal de choses de Sergueï : séduisant, hyperactif, un peu impulsif, mais effrayant…

— Je vous ai déjà dit que ce n'était pas moi.

— C'est vrai… Nous y reviendrons plus tard, si ça ne vous ennuie pas… Pendant deux ans, vous avez donc totalement changé de personnalité. Vous avez arrêté le sport…

— Ça, je sais, grimaça Sergueï. J'ai perdu du muscle et pris du bide, une catastrophe.

Le psychologue fit comme s'il n'avait pas entendu.

— … vous vous êtes mis à lire de manière boulimique tous les livres qui vous passaient sous la main, ceux de l'orphelinat, puis ceux de la bibliothèque. On dit que vous en lisiez plusieurs par jour, que ce n'était jamais assez et que, quand vous ne lisiez pas, vous passiez votre temps à interroger vos camarades sur leur vie, sur ce qu'ils faisaient…

Le psychologue releva la tête.

— Vous avez une explication ?

— C'était pas moi, c'était l'autre.

— L'autre ?

Le psychologue avait haussé un sourcil, ce qui conférait à son visage poupin une expression comique.

Mais Sergueï n'avait plus envie de rire, pas sur ce sujet-là.

— Celui qui occupait mon corps… Celui qui a fait tout ça… L'autre.

— Ah oui !

L'homme avait rechaussé ses lunettes et tourné les pages.

— Comment avez-vous dit ?… Ah ! C'est écrit ici. Que vous n'étiez pas dans votre corps, que votre esprit était ailleurs, qu'un autre avait pris votre place…

Il leva une fois encore les yeux.

— Alors si vous étiez ailleurs, où étiez-vous ?

Sergueï s'était bien juré de garder son calme, mais cela faisait trois fois déjà qu'il racontait cette histoire, ces rêves qui l'assaillaient depuis son « retour », ces cauchemars qui le réveillaient la nuit en hurlant, ces cauchemars qui avaient l'air si réels, trop réels.

Mais il fallait en passer par là.

— Je ne sais pas... Dans une ville... Mais une ville comme je n'en avais jamais vu, ni en vrai ni sur Internet, une ville comme personne n'en a jamais vu.

Alors même qu'il parlait, il s'éloignait en pensée, revoyait ces étranges bâtiments, ces salles gigantesques, à l'architecture bizarre, déroutante, pas conçue à l'échelle humaine ni à son usage. Ces salles et ces couloirs où se croisaient des... des *choses*.

— Vous avez dit que cette cité était habitée ?

Sergueï hocha la tête, la bouche sèche, comme se précisait une de ces choses, un être haut de plus de trois mètres, du moins le croyait-il. Il était difficile de se faire une idée des dimensions en ce lieu. Une pyramide de chair se déplaçant un peu à la manière des escargots, couronnée par plusieurs tentacules dont un soutenait ce qui devait être une tête avec de gros yeux globuleux, les autres des pinces et des organes plus bizarres encore... La créature était tellement grotesque qu'elle ne faisait pas vraiment peur. Elle n'avait d'ailleurs rien de menaçant, elle déambulait autour de lui, dans les rayonnages de ce qui paraissait être une gigantesque bibliothèque... Et après tout, pourquoi aurait-elle été menaçante avec lui, puisque...

— Vous étiez vous-même une de ces créatures, acheva le psychologue en se penchant sur le dossier. C'est bien ce que vous avez dit, n'est-ce pas ?

Sergueï acquiesça, avec une étrange impression d'irréalité, comme s'il n'était pas vraiment là, comme si une partie de lui-même était encore là-bas, dans ce corps qui n'avait rien d'humain, mais qui maniait, avec une délicatesse extraordinaire, des instruments complexes, dont un qu'il utilisait pour tracer, à l'aide d'un crayon, sur une sorte de film d'or presque translucide, des lettres cyrilliques qui se traduisaient toutes seules en caractères inconnus.

Pour un peu, il aurait presque senti la présence de l'autre, cette intelligence vaste, froide et détachée qui l'avait habité.

La voix du psychologue, monocorde, le ramena à l'instant présent.

— Et il y a deux semaines, nouvelle crise de tétanie, mais cette fois dans votre lit, et vous redeveniez celui que vous êtes aujourd'hui.

À l'expression de son visage, Sergueï eut l'impression que le psychologue le déplorait.

Il hocha la tête, tentant de chasser de lui ces visions et cet esprit qu'il sentait à nouveau, tout proche, presque à côté de lui.

— Comment expliquez-vous cela ?

Étaient-ce ces souvenirs ? Le manque de sommeil, depuis son « retour » en ce monde ? Ses cauchemars ? Quoi qu'il en soit, il éclata.

— Qu'est-ce que j'en sais, moi ? Il est reparti, c'est tout. Il a repris son corps, et moi j'ai retrouvé le mien !

— Repris son corps ? Que voulez-vous dire ?

— Mais vous êtes bouché, ou quoi ? hurla Sergueï qui n'en pouvait plus. Je vous ai dit qu'il avait pris mon corps et que pendant ce temps, moi, enfin mon esprit quoi, je me suis retrouvé dans le sien, dans son monde… là-bas.

Le ton montait, sa colère aussi. Tout ça le terrifiait, et comme toujours il réagissait par l'agressivité.

— Et… commença le psychologue en choisissant ses mots. Vous êtes encore en… contact avec votre visiteur ?

Il y avait soudain, dans sa voix, un étrange intérêt, et dans son œil jusqu'à présent éteint un nouvel éclat, une attention aiguë.

— Vous êtes en contact… maintenant ?

— Qu'est-ce que ça peut bien vous foutre ? De toute façon, vous me croyez dingue. Mais je suis pas dingue ! Et je m'en vais.

Il se leva et se retournait déjà pour quitter le bureau quand le psychologue secoua la tête.

— Oh ! Je ne crois pas, mon jeune ami.

Il appuya sur un bouton. La porte, devant Sergueï, s'ouvrit sur deux infirmiers en blouse blanche… Rectification, deux impressionnantes silhouettes, le genre à calmer les fous à la manière forte, qui souriaient déjà en le regardant.

— Tu vas pas faire ton méchant, hein, mon gars ? commença l'un d'eux en tendant une main vers lui.

Il semblait sûr de lui. Il avait dû en calmer d'autres. Mais on ne devient pas champion de lutte sans savoir se battre, et Sergueï était très bon dans sa partie.

L'infirmier se retrouva au sol avant d'avoir compris ce qui lui arrivait. Le second voulut l'attraper, mais Sergueï esquiva l'étau de ses bras larges comme des troncs et le faucha aux jambes. On a beau être grand et costaud, comme disait son entraîneur, on tombe comme tout le monde, et plus on est balèze, plus on se fait mal.

Il jaillit dans le couloir, sautant par-dessus les deux types qui grognaient à terre, tourna la tête vers la gauche, d'où se ruaient déjà vers lui deux autres infirmiers sortis du même moule que ceux qu'il avait envoyés au tapis.

À droite, le couloir s'étirait jusqu'à une porte de secours qui, si ses souvenirs de la configuration des lieux étaient exacts, devait donner dehors…

Il s'élança, courant de toute la vitesse de ses jambes, maudissant les deux années où l'autre avait laissé son corps se ramollir. Jamais, auparavant, il n'aurait soufflé comme ça.

Derrière lui, il entendait les cris du psychologue, les bruits de la course des infirmiers qui le talonnaient.

Il accéléra encore, parvint à la porte. Sans s'arrêter, il posa les mains sur la barre pour l'ouvrir… juste avant de s'écraser contre le bois.

Elle était verrouillée.

Alors, conscient qu'il n'avait plus d'échappatoire, le nez douloureux, il se retourna, s'adossa au bois de la porte. Les infirmiers, ceux qui cavalaient après lui et ceux qu'il avait envoyés au tapis, se rapprochaient. Il se cala contre la porte, se mit en garde et se prépara à vendre chèrement sa peau.

Les autres, souriant de toutes leurs dents, sûrs de leur victoire, n'étaient plus qu'à trois mètres de lui, quand la porte dans son dos s'ouvrit d'un coup.

Il bascula en arrière.

CHAPITRE 4

La famille Marsh

Ryan se souvenait, comme si c'était hier, de ce jour gris et triste, alors qu'on ensevelissait leurs parents dans ce grand cimetière.

Il se rappelait, avec une terrible précision, chaque coup de pelle, ces mottes de terre qui tombaient sur les deux cercueils.

Ils ne pleuraient plus, Jonathan et lui. Ils avaient déjà trop pleuré. Le chagrin était là, un poing serré dans leur poitrine, mais il ne sortait plus, sourd, profond, constant.

Le ciel pleurait pour eux ce jour-là, une pluie continue, ni grosse ni fine. Elle était là, trempant tout.

Un prêtre commis d'office ânonnait quelques prières que personne n'écoutait, surtout pas les deux garçons, plongés dans leur malheur. De toute manière, il n'y avait pas grand monde autour de la fosse que l'on avait entrepris de reboucher : un ami de leur père, leur oncle d'Innsmouth et leurs cousins.

Leur oncle d'Innsmouth… Eusèbe Marsh.

C'était la première fois qu'ils le rencontraient, lui et ses deux fils. Ils savaient bien, par leur mère, qu'ils avaient de la famille, de ce côté-là, dans cette ville portuaire des environs de Boston, mais elle ne leur en avait jamais dit plus. Elle semblait avoir rompu tout lien avec elle. À chaque fois qu'ils essayaient de l'amener sur le sujet, elle se dérobait.

Et maintenant, ils allaient habiter chez ces gens, la seule famille qui leur restait… Et quelle famille ! Laide à faire peur.

Ryan se souvenait de sa première réaction devant ces visages larges, plats, au nez presque inexistant, à la grande bouche aux lèvres trop fines, aux yeux ronds et globuleux… Il avait eu l'impression de rencontrer des crapauds, ou des poissons, qu'on aurait habillés avec des vêtements d'homme, impression encore renforcée par l'aspect luisant de leur peau et de leurs cheveux gras.

Leurs deux cousins, Brendon et Kevin, ne faisaient pas exception, avec des traits un peu moins prononcés peut-être, mais on devinait chez eux aussi ces mêmes marques, altérées par la méchanceté.

Et méchants ils l'étaient. Jonathan et Ryan avaient eu l'occasion de le vérifier dès leur arrivée à Innsmouth et leur installation dans la maison de leur oncle, une vieille demeure de bois typique de la Nouvelle-Angleterre, aux allures de manoir hanté, dressée face au Rocher du Diable, cet îlot de roc nu qui saillait de l'océan, comme un énorme croc de pierre.

Ryan se rappelait encore, avec une terrible précision, la première fois qu'il avait découvert Innsmouth : cette ville vieille et laide, comme figée dans un autre temps gris et triste avec ses maisons de bois pourri, écaillé, ou de briques noircies. On aurait dit que toute la cité était laissée à l'abandon. Quant aux habitants, ils n'étaient que des silhouettes furtives qui les surveillaient de leurs regards méfiants, hostiles.

Sur toute la ville pesait une chape, le poids d'anciens secrets, de mystères inavouables. On devinait qu'Innsmouth n'aimait pas les étrangers, que ce coin de Nouvelle-Angleterre vivait depuis longtemps replié sur lui-même, avec peu ou pas de rapports avec le reste du monde… et n'en voulait pas.

Était-ce pour cela que tous les habitants arboraient, à des degrés divers, ce même masque détestable ? Ryan, du haut de ses douze ans, avait déjà entendu parler de consanguinité et d'hérédité. Ici, le mot prenait tout son sens, tant chacun semblait apparenté à son voisin.

Il comprenait maintenant pourquoi sa mère avait voulu couper les ponts avec sa famille.

Cette famille qui les avait récupérés tous les deux.

Et leur calvaire avait commencé.

Leur oncle et leur tante s'étaient dévoilés dès leur arrivée. Ils ne les persécutaient pas, non, mais les traitaient comme ils l'auraient fait des derniers des larbins. Les repas étaient glacials, les journées à l'école où tous les autres les surveillaient de leurs gros yeux malveillants, interminables. Il y avait de terribles silences, même les enseignants semblaient les observer avec méfiance et hostilité.

Leurs cousins, en particulier, ne se privaient pas de les maltraiter. Combien de fois, hors de vue de leurs parents, les avaient-ils rossés en les taxant de « petits rampants » ou de « singes », de « poux de Terre »… Ryan et Jonathan ne comprenaient pas.

Ils avaient essayé d'en parler à leur oncle, pour ne recevoir en réponse qu'une gifle magistrale et l'ordre de se taire. Ils avaient compris la leçon… et commencé à se dire qu'il fallait qu'ils s'en aillent d'ici.

Et puis, il y avait ce bâtiment étrange, près des docks, un temple ? où leur oncle, leur tante et leurs cousins se rendaient le dimanche, tandis qu'ils les consignaient à la maison car ils n'avaient pas le droit d'y aller. Toutes les trois semaines, ils disparaissaient le soir en leur ordonnant de ne pas sortir, sous peine de graves sanctions… Et c'était précisément ces soirs-là que, du Rocher du Diable en face de la maison, alors que les vagues battaient les rochers, flottaient jusqu'à eux les accords de chants terribles portés par le vent. Ils montaient et descendaient, montaient et descendaient, de plus en plus fort, de plus en plus extatiques, comme si des centaines de gorges les poussaient à l'unisson… Pire encore, le final, quand ce chœur passait dans des octaves que rien d'humain n'aurait pu engendrer.

Ryan se souvenait de leur terreur lorsque, dans la haute maison déserte, Jonathan et lui se serraient l'un contre l'autre, tandis que des lumières piquetaient le Rocher du Diable, que le chant atteignait son paroxysme, qu'un concert de hurlements déchirait la nuit, ceux qu'auraient poussés des hommes et des femmes tourmentés, torturés… et qui se brisait en un horrible final suraigu.

Puis ce cri colossal, si bas qu'il en faisait vibrer les os, comme celui d'une baleine, mais différent car aucune baleine n'aurait pu concentrer dans son chant une telle malveillance.

Ils demeuraient là, Jonathan et lui, les yeux fermés, serrés l'un contre l'autre, tremblants. Passait sur eux ce son effroyable, qui semblait articuler des mots dans une langue qu'ils ne comprenaient pas, et éveillait en eux quelque chose de profond et d'horrible.

Le lendemain, leur oncle, leur tante et leurs cousins rentraient. Ils ne parlaient pas, mais s'enfermaient dans leur chambre et y restaient cloîtrés… comme beaucoup des habitants de la ville. Ryan, pas plus que Jonathan, ne savait ce qui se passait ces nuits-là, sur le Rocher du Diable.

Ils auraient bien prévenu les autorités. Mais lesquelles ? Pas celles de la ville en tout cas. Le shérif ressemblait trait pour trait à leur oncle et les surveillait de la même manière. Ils auraient bien téléphoné à Boston, à la police, au FBI ou… Mais comment ? On leur avait confisqué leur portable et ils n'avaient vu, dans la maison, aucun téléphone.

Ils avaient donc décidé de partir. Ils ne savaient pas quand, mais ils étaient déterminés. Ils partiraient, bientôt.

Ils n'avaient pas encore arrêté de date, mais commençaient déjà les préparatifs lorsque, ce soir-là, un événement avait précipité leur décision.

La nuit tombait. Rentrés du collège et d'une nouvelle journée de suspicion, de regards en coin et de menaces, voilées ou directes, ils étaient passés, pour une fois, par le chemin de la falaise…

Arrivant près de la maison, ils avaient entendu les échos d'une conversation et s'étaient figés.

La première voix, c'était celle de leur oncle, une espèce de grognement profond, désagréable.

— … les amènera à la cérémonie de ce soir. Sont en âge. C'est le moment.

Vaguement inquiets, les deux frères s'étaient immobilisés, avaient tendu l'oreille.

Un long frisson avait rampé sur leur dos.

Car la voix qui répondait à leur oncle, dans une langue étrange et répugnante qu'ils ne connaissaient pas, n'avait rien d'humain, sorte de clapotement gras qu'on aurait dit monté du fond d'une mare.

— Ils seront initiés. Ils deviendront des nôtres… ou ils mourront.

Horrifiés, les deux frères avaient échangé un regard. Luttant contre la peur, ils s'étaient approchés derrière un bosquet échevelé.

Ce qu'ils avaient entrevu, entre deux branches agitées par le vent froid et salé, avait planté dans leur poitrine une pointe de glace.

Leur oncle retournait vers la maison, de son pas lourd et maladroit, mais ce n'était pas lui qui avait ainsi soulevé en eux cette bouffée d'effroi. Non, c'était l'autre silhouette, celle qui s'était éloignée vers les rochers, sans se soucier des vagues brutales et des embruns qui les fouettaient, pour y disparaître… Une silhouette voûtée, qui n'avait qu'une lointaine apparence avec un humain, croisement douteux d'un homme et d'une créature marine, qui n'avait gardé des deux que le plus détestable.

Là-bas, quand la nuit aux odeurs de marée descendrait sur la ville, alors que les vagues gronderaient contre les falaises, des lueurs commenceraient à briller sur la chaussée menant au Rocher du Diable, celles de torches et de lanternes brandies par autant de mains… celles des habitants d'Innsmouth qui se rendraient sur le récif pour quelque abominable cérémonie dont les deux garçons seraient les « invités », ils le savaient.

Alors, abandonnant là leurs cartables, ils avaient fait demi-tour, et, dans le soir tombant, s'étaient enfuis…

Depuis, ils fuyaient.

Ce fut la main de Jonathan sur son bras qui ramena Ryan à l'instant présent, à l'asphalte détrempé, à l'odeur d'huile et de rouille de ce camion qui leur servait d'abri précaire.

— Ryan ! On y va. C'est le moment.

Ryan se retourna pour découvrir le visage de Jonah, pâle et creusé, tourné vers lui, ses yeux immenses, exorbités, hantés par la peur, mais une peur qu'il retenait, qu'il combattait de toutes ses forces, celles de sa colère.

Son frère lui désignait les entrepôts, puis la campagne, la route de Boston. La grande rue était déserte, leurs poursuivants semblaient s'être éloignés. C'était le moment.

Trouvant dans le regard de Jonah un peu du courage qui lui manquait, Ryan se força à le suivre lorsqu'il sortit de sous leur abri, puis s'élança après avoir regardé à droite et à gauche vers les façades aux fenêtres noires.

Ils avaient à peine fait cent mètres que les premiers hululements s'élevaient, étranges, terrifiants, qui n'appartenaient à aucun animal ayant marché ou volé sur cette Terre, ni à aucun humain…

CHAPITRE 5

Un refuge à la préhistoire

Le premier homme en armure s'approcha de Marie, se pencha sur elle, la toucha du canon de son arme.

— C'est bon ! Elle a son compte, affirma-t-il en tournant son visage masqué, aux oculaires verts luminescents, en direction des trois autres.

— Ne… commença l'un d'eux.

Il n'eut pas le temps d'en dire plus.

Marie, comme tirée par des fils invisibles, se dressa devant lui et, alors qu'il la fixait, surpris, le frappa de toutes ses forces.

Il s'envola lui aussi et passa entre ses confrères pour percuter une des portières du 4×4, qu'il enfonça dans un bruit sourd, puis s'écroula au sol en un tas désarticulé.

Avant que les autres comprennent ce qui s'était passé et réagissent, Marie était déjà en train de courir.

Elle ne pouvait gagner l'entrée de la gare, puisqu'ils en barraient l'accès. Ne lui restait plus que la rue, en espérant, peut-être, s'engouffrer dans les couloirs du RER par une autre issue.

À peine s'était-elle élancée qu'un essaim vrombissant de seringues hypodermiques crachées par les armes des hommes en noir traçait son chemin autour d'elle.

Chance extraordinaire, aucune ne l'atteignit alors qu'elle filait, de toute la vitesse de ses pieds nus, vers l'angle du grand bâtiment.

L'une d'elles claqua contre la pierre du mur, juste à côté de sa tête. Elle tourna et sprinta à nouveau vers l'entrée du RER.

Elle y était presque parvenue, accélérant toujours, quand trois hommes en armure noire jaillirent de la gare et lui barrèrent le passage.

Ils l'avaient devancée.

Elle dérapa sur le trottoir trempé. De nouveaux tirs sifflaient autour d'elle. Elle effectua un demi-tour acrobatique sur le pavé et repartit dans l'autre sens.

Où pouvait-elle aller ?

Elle était en pleine confusion, entre ses souvenirs tronqués qui ne lui apprenaient rien et ces hommes qui ne la lâchaient pas.

Comme elle promenait son regard à la ronde lui revinrent des images de son enfance, avec ses parents : celles de vieux bâtiments comme on en trouvait dans les films, avec leur grande verrière, leurs squelettes fabuleux d'une ère disparue…

Son regard se porta au-delà du boulevard, vers la haute forme blanche de l'édifice qui s'élevait de l'autre côté.

Le pavillon de paléontologie.

Un refuge à la préhistoire

Combien d'heures y avait-elle passé ? Ses souvenirs lui paraissaient lointains, comme ceux d'une autre, et pourtant...

Elle obliqua vers l'entrée du Jardin des plantes.

Elle jeta un regard derrière elle pour constater que les hommes en noir, revenus de leur surprise, s'étaient rués sur elle. D'ici quelques secondes à peine, les tirs vrombiraient à nouveau autour d'elle.

Elle devait se dépêcher.

Elle accéléra encore, à une vitesse ahurissante, et traversa le boulevard en un battement de paupières.

Devant elle, l'entrée du Jardin, barrée à cette heure par un grand portail de fer.

Alors que les tirs sifflaient autour d'elle, elle n'infléchit pas sa course. Mue par une volonté inflexible, celle d'une enfant accrochée à ses rêves, elle se dirigea droit vers le portail... et bondit par-dessus.

D'une détente prodigieuse, elle s'éleva et retomba de l'autre côté, où elle se reçut avec souplesse, se redressa et s'élança vers l'entrée du pavillon.

Tout en courant, elle entendit, à sa droite, la rumeur des animaux enfermés dans la ménagerie, dont l'odeur venait chatouiller ses narines.

La rumeur changea, se fit ouragan. Chaque pensionnaire des grandes cages, pris de folie, s'était mis à hurler à sa manière, rugissements, sifflements ou piaillements, comme si toutes les bêtes enfermées là avaient perçu quelque danger effroyable rôder alentour.

Étaient-ce ses poursuivants qui les affolaient ainsi ? Sentaient-ils, eux aussi, la présence hostile du chasseur ? Et après tout, pourquoi pas ?

De l'obscurité qui baignait le Jardin surgit la silhouette d'une étrange créature, sorte de lézard au bec d'oiseau, au dos renflé hérissé d'une crête extraordinaire.

« Un stégosaure. »

Le mot fusa dans son esprit, réminiscence de ce passé qui lui échappait, des replis de son cerveau où s'étaient dérobés les souvenirs de sa vie antérieure...

Curieusement, comme elle dépassait la sculpture du grand saurien préhistorique, s'imposa à elle une autre image, celle du même animal, non plus de fer, mais de chair, qui se cabrait et frappait de sa queue, furieux et terrifié, tandis que l'entouraient de noirs appendices... En un flash, elle sentit même son odeur, celle de son cuir squameux, de son haleine...

Cela se dissipa.

Elle était sur le perron du pavillon de paléontologie et avalait les marches... arrivait devant l'imposante porte d'entrée.

Pourrait-elle... C'était fou, bien sûr, mais elle avait fait tant de choses impossibles depuis son départ du laboratoire, alors, peut-être...

Elle lança un regard derrière elle, en direction de l'entrée du parc. Les hommes en armure noire s'acharnaient sur le portail. Ce n'était qu'une question de temps avant qu'ils ne parviennent à l'ouvrir. L'un d'eux avait entrepris de l'escalader et se laissait déjà tomber dans le Jardin.

Elle tendit sa main vers la large poignée de la porte, la saisit. Tenta de la tourner. Bien sûr elle était fermée, et résista à sa pression.

Bandant tous ses muscles, elle força encore, ses doigts fins glissant contre le métal froid. En vain.

Un refuge à la préhistoire

Il y eut un toussotement sourd. Elle s'écarta instinctivement.

Une grêle de projectiles siffla à côté d'elle avant de frapper la porte, y creusant autant d'impacts.

Des balles ?

On lui tirait dessus avec des balles !

Il y eut un cri, des paroles vives. Celui qui avait tiré se faisait sermonner. En tendant l'oreille, elle crut même entendre :

— … sert à rien… Imbécile !… faire venir les flics !

« La police », songea-t-elle.

Si elle parvenait à ouvrir cette porte, cela déclencherait certainement une alarme. Si cela déclenchait une alarme, la police viendrait… et elle serait sauvée.

Comme celui qui lui avait tiré dessus changeait d'arme et s'approchait d'elle, elle tourna à nouveau son attention vers la porte. Mobilisant sa volonté et toutes les fibres de son être, elle força.

La poignée résista… elle insista.

En elle, quelque chose céda. Une force investit sa main, ses doigts.

Là-bas, dans le zoo, les cris des animaux montèrent crescendo, comme si les pensionnaires de la ménagerie devenaient hystériques.

Il y eut un bruit de métal brisé. La poignée tourna. Elle poussa… La porte s'ouvrit devant elle dans un bruit à sa mesure.

Elle baissa les yeux, les écarquilla.

Sa main… Sa main n'était plus la même, plus grande, plus large que ce qu'elle aurait dû être, noire et luisante, comme du plastique ou du vinyle humide, sur lequel glissaient d'étranges reflets iridescents semblables à…

Elle eut un haut-le-cœur.

Que lui arrivait-il ? Que lui avait-on fait ?

Une sonnerie s'éleva, stridente, depuis l'intérieur du bâtiment. Le bris de la serrure avait déclenché l'alarme du musée, ce qui, à tout prendre, était une bonne chose… Cela attirerait des gardiens ou, mieux encore, la police.

Un sifflement. Quelque chose passa tout près d'elle et ricocha contre la grande porte dans un claquement sec. Une fléchette hypodermique.

Le soldat en uniforme qui s'approchait dans son dos jura. Il réarmait déjà quand elle s'engouffra dans l'entrebâillement de la porte et pénétra dans le muséum obscur.

Dehors, les hurlements des pensionnaires du zoo n'avaient pas cessé…

CHAPITRE 6

Une aide inattendue

Sergueï, surpris, se reçut sur le sol glacé du parking. Un autre infirmier l'avait-il pris à revers ?

Il se retournait déjà et s'apprêtait à se battre, fichu pour fichu, même s'il se savait vaincu d'avance. Il avait beau être champion de lutte, teigneux quand il le fallait, élevé à la dure, il était réaliste. Il n'était pas un super héros. Jamais il ne pourrait tenir tête à cinq malabars de ce tonneau-là.

Mais, en lieu et place de colosse en blouse blanche, son regard découvrit une fine silhouette en tenue sombre et moulante qui ne laissait place à aucun doute… Une fille.

Une fille de son âge, ou guère plus, aux cheveux noirs attachés en chignon serré, de type oriental (indien peut-être) aux grands yeux d'onyx fixés sur lui d'une façon inquiétante.

Il n'avait jamais rencontré une si jolie fille. Quel dommage de ne pas avoir le temps de faire connaissance…

Mais son intervention était providentielle, il comptait bien en profiter et ne pas traîner dans le coin.

Un seul regard en direction du couloir d'où se ruaient vers lui les quatre mastodontes en blouse blanche, leurs visages marqués par la colère et l'effort, le convainquit du bien-fondé de son raisonnement.

Il s'apprêtait à se relever et à détaler lorsque la jeune fille lui tendit une main brune et fine avant de s'adresser à lui d'une voix teintée d'un accent prononcé, mais parfaitement compréhensible :

— Suis-moi si tu veux être libre.

Il hésita, lança un nouveau coup d'œil vers le couloir… et saisit sa main.

Il fut surpris de la force avec laquelle elle le redressa, une force qu'il n'aurait jamais soupçonnée dans un corps aussi menu que le sien, surtout quand, une fois debout, il se rendit compte qu'il la dépassait de presque deux têtes. Elle ne devait guère mesurer plus d'un mètre cinquante-cinq. Pourtant, elle l'avait relevé d'un seul geste, comme s'il n'avait rien pesé.

Décidément, cette fille gagnait à être connue, mais… Déjà, le premier infirmier arrivait devant la porte.

Sergueï allait faire demi-tour et pensait que l'inconnue l'imiterait. Elle le surprit une fois encore. Alors que les mains du colosse se tendaient vers eux, elle frappa le mastodonte d'une manchette foudroyante.

L'infirmier, une expression presque comique sur le visage, cherchant son souffle, s'effondra.

Les autres tentèrent de freiner leur course, mais la jeune fille se jeta au milieu d'eux pour exécuter un enchaînement qui tenait autant de la danse que du combat…

Une aide inattendue

Le premier reçut en pleine figure un coup de pied magistral qui l'envoya au tapis trois mètres en arrière. Le deuxième, fauché aux jambes, tomba à son tour. Le troisième s'écroula à genoux, cherchant l'air de sa gorge endolorie à cause d'une manchette fulgurante.

En moins de trois secondes, tout le groupe gisait sur le carrelage du couloir, formant un tas de chair gémissant vêtu de blanc.

La jeune fille se retourna. Elle tira la porte pour la fermer, força… Il y eut un bruit.

Une partie du montant craqua, bloquant le battant.

Ramenant par-dessus son oreille une mèche de cheveux noirs échappée de son chignon, elle lui lança seulement :

— Allons-y.

Sergueï jeta un dernier regard en direction de la porte avant d'emboîter le pas à l'inconnue. La rattrapant en quelques enjambées, il lui demanda :

— Hé ! C'est impressionnant ! C'est quoi ton truc, là ? Jamais vu ça. Du kung-fu ?

— J'ai l'air d'être chinoise ?

— Non, pas vraiment, concéda-t-il en se faisant une fois encore la réflexion que c'était la plus jolie fille qu'il ait jamais vue.

— Kalarippayatt.

— C'est indien ça, non ?

— Hindou… Et tu as trouvé ça tout seul ? Tu es du genre perspicace, toi.

— Oh ! Ça va… Je suis pas spécialiste en arts martiaux, moi.

La neige tombait plus dru. Leurs pieds s'enfonçaient dans la couche blanche qui recouvrait déjà le sol. Il frissonna. Il n'avait pas pris son pardessus en sortant du bureau du psy et le regrettait. La nuit commençait à tomber. On ne devait pas être loin de –20 °C.

Ils avaient atteint l'entrée du parking quand l'alarme se déclencha et qu'une voix annonça, dans tout le centre, qu'un des pensionnaires s'était évadé.

— Merde ! grogna-t-il. Nous voilà bien. Tu as prévu quoi, maintenant ?

Pour toute réponse, elle fonça vers une fourgonnette grillagée d'où sortaient justement deux nouveaux infirmiers qui, en les découvrant, se dirigèrent aussitôt vers eux.

La jeune fille ne chercha pas à leur échapper, bien au contraire.

Les deux types aux allures de tanks humains, en voyant s'approcher d'eux cette elfe brune qu'ils dépassaient bien de trois têtes et de quatre largeurs d'épaules, échangèrent des plaisanteries grasses... quelques secondes avant de se retrouver allongés, inconscients, dans la neige.

Sans même ralentir, l'inconnue les enjamba, monta dans la camionnette et s'assit au siège du conducteur.

Sergueï, jetant des regards incrédules aux deux types échoués au sol, sonnés pour le compte, lui lança :

— Tu démontes la tronche à tous les mecs que tu croises ?

Elle leva un sourcil :

— Je t'ai pas encore démonté la tronche que je sache. Allez, monte !

— Euh... Je veux pas paraître mesquin, mais, pour aller où ?

Une aide inattendue

— Ce n'est pas la bonne question, lui répondit-elle aussitôt.

— Ah bon ?

Sergueï lui adressa un sourire crâne.

— Et c'est quoi la bonne question ?

— Tu veux rester ici ?

D'un signe de tête, elle avait désigné les grands bâtiments gris derrière eux, d'où jaillissait déjà une meute de silhouettes blanches et gesticulantes, et d'autres qui brandissaient dans leurs mains des objets sombres qui n'étaient pas des matraques.

Alors même qu'il les observait, une détonation claqua dans l'air froid. Un bruit de ferraille résonna du côté de la fourgonnette.

On leur tirait dessus ?

Sans attendre, il fit le tour de la camionnette et monta à bord.

— Attache-toi, ordonna la jeune fille dont le regard demeurait braqué droit devant elle, vers l'entrée du parking et le portail que deux gardes s'empressaient de fermer.

— Tu vas pas… commença-t-il.

Pour toute réponse, elle fit gronder le moteur, une fois, deux fois… Les roues patinèrent dans la neige.

À l'arrière, il y eut trois nouvelles détonations. La tôle de la carrosserie tinta trois fois.

— Attache-toi ! répéta-t-elle juste avant de lever le pied de l'embrayage.

La camionnette bondit en avant, dérapant sur la neige. Sergueï saisit la ceinture. Le véhicule tangua d'un côté à l'autre, guidé par la main sûre de la jeune fille dont les yeux fixes, insensibles à la peur ou au doute, restaient braqués sur le portail.

Sergueï vit la grille se rapprocher, les deux cerbères se poster juste devant.

Il se demanda un instant ce qu'ils comptaient faire quand il les vit lever et pointer vers la cabine leurs fusils à pompe.

— Hé ! commença-t-il alors que, les traits indéchiffrables, elle demeurait immobile. Ils vont…

Ils n'étaient plus qu'à trois mètres, et elle n'avait toujours pas ralenti. Les deux hommes ouvrirent le feu presque à bout portant.

La vitre explosa…

CHAPITRE 7

Tu es des nôtres !

Les hululements se rapprochaient.

Ils avaient beau courir de toutes leurs forces, se dissimuler dans l'ombre, tenter mille ruses pour effacer leurs traces, « ils » ne les lâchaient pas.

Ryan n'en pouvait plus.

— Jonah… Jonah, je pourrai pas continuer longtemps.

Son frère, devant lui, se retourna pour lui lancer, en forçant sur sa voix pour couvrir les hurlements du vent et les claquements de la pluie qui semblait décidée à les noyer sous des trombes d'eau.

— Il faut, Ryan ! Tu peux y arriver ! Je sais que tu peux.

Ryan, lui, en était beaucoup moins sûr.

La tempête battait son plein. Déjà, lorsqu'ils avaient surpris la conversation de leur oncle et de la « chose » derrière la maison, la houle était grosse et des nuages sombres s'amoncelaient à l'ouest, annonciateurs de gros temps… mais à ce point !

Cette nuit, c'était une maîtresse tempête, comme

jamais les deux frères n'en avaient vu depuis leur arrivée à Innsmouth.

Les bourrasques hurlaient entre les façades décrépies, les trombes fouettaient le pavé et les toits de la ville. Les deux garçons essayaient de fuir cette cité maudite où se livraient quelques rites effroyables…

Ils avaient quitté la grand-rue sans rencontrer âme qui vive, à leur grand soulagement, et avaient poursuivi leur course dans le secteur des entrepôts que traversait la route avant de gravir les collines conduisant à Boston.

Une fois sortis de la ville, se disaient-ils, et franchi cette ligne qui séparait Innsmouth du reste du pays, ils pourraient peut-être se réfugier dans une grange, voire taper à une porte, demander asile et, si on le leur accordait, appeler la police.

Mais pour cela fallait-il encore s'échapper de la ville… Et pour tout dire, Ryan y croyait de moins en moins.

Car, depuis qu'ils étaient sortis de sous le camion, on les avait pris en chasse.

Ça avait d'abord été des cris, ces étranges et sinistres hululements qui se répondaient d'un côté à l'autre de la ville, de plus en plus proches à mesure que les deux garçons s'éloignaient du centre et s'engageaient entre les entrepôts déserts dont les hautes façades s'élevaient autour d'eux, noires, austères et délabrées.

Le vent n'avait cessé de forcir, mais pas assez pour couvrir les cris inquiétants qui montaient tout autour d'eux…

Ryan, avec un frisson glacé, s'était souvenu d'un reportage du *National Geographic* qu'il avait regardé. On y présentait la méthode de chasse des hyènes, la manière dont elles s'appelaient, rabattaient la proie…

Tu es des nôtres !

C'était ce que faisaient *les autres*, il en était sûr à présent.

Ils les entouraient maintenant, poussant dans la tempête leurs appels bizarres, flûtés, qui lui rappelaient les coassements des grenouilles.

Ils les rabattaient.

Ryan devinait, sur sa droite et sa gauche, se faufilant entre les entrepôts, des silhouettes grotesques, bondissantes et furtives, se déplaçant d'étrange manière, ou courant à quatre pattes… des silhouettes pas tout à fait humaines, mais pas animales non plus.

Ils étaient là.

Parfois, à la lueur d'un réverbère ou lorsqu'un éclair zébrait la nuit, il surprenait, luisant dans l'ombre qui les cernait, les éclats de gros yeux globuleux.

Cette nuit, les frontières de l'enfer, un enfer liquide, sous-marin, s'étaient ouvertes pour libérer ses démons sur la Terre.

Alors qu'ils gravissaient la première pente de la route s'élevant en lacet au-dessus d'Innsmouth, il se retourna.

Il balaya des yeux les toits de la ville fouettés par les rafales alourdies de pluie. La cité tout entière était plongée dans les ténèbres.

Son regard avait glissé plus loin, où la terre rencontrait la mer, pour découvrir…

Le grand croc du Rocher du Diable qui saillait des flots de sa masse déchiquetée, tel un doigt griffu dressé vers le ciel… et les lumières qui serpentaient de sa base à son sommet, puis s'étiraient, en une longue chenille de feu, jusqu'au port.

Il savait, ce soir, où étaient la plupart des habitants d'Innsmouth, mais ce qu'ils y faisaient… il préférait l'ignorer.

Il avait commis l'erreur de quitter la route des yeux et ne vit pas la grosse pierre que heurta son pied gauche.

Il trébucha, tenta de se rattraper, et s'effondra dans la boue.

Jonah se précipita vers lui pour le soulever par le bras et l'interrogea :

— Ryan ? Ça va ?

Ryan demeurait silencieux, il répéta :

— Ça va ?

Ryan hocha la tête.

— Oui, ça va… ça va…

Il ajouta aussitôt, comme Jonah se relevait et tirait sur son bras pour qu'il fasse de même.

— On n'y arrivera jamais, Jonah, c'est pas la peine… Ils vont nous rattraper… Ils…

Son frère ne le laissa pas finir.

— Ne redis jamais ça, tu m'entends ? Jamais ! On va y arriver !

Jonah était sur le point de se retourner quand ses yeux s'écarquillèrent en se posant sur quelque chose situé derrière Ryan…

Ce dernier, soudain terrifié par ce qu'il devinait dans les pupilles de son frère qui demeurait pétrifié, se tourna lentement, très lentement… pour découvrir la créature qui se tenait juste derrière lui.

C'était pâle, luisant, écailleux, comme un poisson, et pourtant ça avait des jambes, des bras, et même un visage, plat et large, aux yeux noirs, ronds et inexpressifs, semblables à ceux des requins, pas de nez, mais une immense bouche garnie de dents pointues et triangulaires…

« Un requin sur deux jambes croisé avec un crapaud », songea un instant Ryan, juste avant que la créature n'écarte ses longs bras, ses doigts interminables et griffus reliés par une fine membrane transparente, pour les tendre vers eux et ne pousse une sorte de coassement triomphant.

Soudain, le pare-chocs d'un énorme pick-up noir la percuta et la catapulta une dizaine de mètres plus loin, sur la route détrempée où elle roula et rebondit avant de s'immobiliser, en vrac…

Éblouis par la clarté des phares du puissant 4×4, les deux garçons demeurèrent abasourdis, jusqu'à ce que le visage d'une jeune fille aux cheveux sombres, de type oriental, ne se penche à la portière conducteur pour leur crier :

— Montez ! Vous attendez quoi ? Que les autres arrivent ?

Et elle avait raison. Déjà, de la nuit alentour, les cris se répondaient, plus forts, plus frénétiques.

Il n'était plus temps de se poser des questions. Devant ces traits dont la beauté exotique tranchait tant avec la laideur de tout ce qui les entourait, les deux frères n'hésitèrent pas une seconde.

— Derrière ! leur hurla-t-elle encore. Grimpez derrière… Vite !

Elle avait ajouté ce dernier mot sur un ton d'urgence. Ryan comprit pourquoi lorsqu'il devina les silhouettes qui se ruaient vers eux depuis le bas de la route, des silhouettes blêmes, monstrueuses, comme celle de la créature que le pick-up venait d'emboutir. Elles progressaient par bonds, tels d'énormes crapauds… mais d'autres aussi brandissaient des torches et…

Une détonation claqua. Quelque chose percuta la carrosserie de la voiture.

Parmi la foule indistincte de ceux qui se précipitaient vers eux depuis la cité, Ryan crut reconnaître un de leurs cousins, plus laid et batracien que jamais. S'imposa à lui, alors qu'il le voyait s'approcher au coude à coude avec un de ces horribles hommes-poissons, une idée terrible, une idée folle… qu'il chassa aussitôt de son esprit.

Jonah le catapulta en avant.

— Allez, monte !

Ryan ne se le fit pas redire. Agrippant le bord du pick-up, il se hissa à bord. Il bascula sur le plateau arrière, juste avant que Jonah ne l'imite.

Son frère se trouvait encore sur le hayon, les jambes battant dans le vide. Le pick-up démarra dans un rugissement de moteur et s'élança sur la route, quand l'expression triomphante de Jonah se délita.

Il glissa en arrière, de plusieurs centimètres.

— Ryan ! commença-t-il.

Ryan se jeta sur lui, le saisit à deux mains, ne comprenant pas ce que…

Son regard descendit, plus bas, encore plus bas, pour découvrir… la forme blême d'une des créatures, agrippée aux jambes de son frère, le tirant de tout son poids.

— Jonah ! cria-t-il à son tour alors que Jonah levait vers lui un visage à l'expression tragique, un regard à la fois résigné et presque serein qui le bouleversa… juste avant de lâcher prise.

Ryan n'étreignit soudain plus que le vide.

Jonah disparut, avalé par l'obscurité. L'instant suivant, les formes bondissantes des monstres atteignaient l'endroit où il était tombé et se regroupaient, comme une meute, pour la curée.

Ryan hurla le nom de son frère, encore et encore, se retourna vers la conductrice pour exiger qu'elle s'arrête.

Mais soit qu'elle ne l'ait pas entendu à cause de la tempête, soit qu'elle ait décidé de l'ignorer, la jeune fille brune ne ralentit pas. La voiture poursuivit sa course, abandonnant derrière elle Jonah et les terreurs de cette cité maudite où les poissons avaient appris à marcher sur la terre pour chasser les humains.

Mais Ryan était encore trop près pour ne pas percevoir, malgré les hurlements du vent, les cris de Jonah, puis une autre voix, qu'il reconnut pour être celle de leur cousin Brendon.

— Tu reviendras… Tu reviendras… Tu es des nôtres… Tu es comme nous… Tu le portes en toi… Tu le portes en toi !

CHAPITRE 8
Métamorphose

Marie traversa en trombe l'entrée de la galerie, passa devant le guichet fermé et s'engouffra sous l'arche qui permettait d'accéder à la grande salle.

Là, elle marqua un arrêt.

Dans la pénombre, seulement déflorée par les éclairages d'urgence et la lumière tombée de la verrière qui coiffait la galerie de ses entretoises de métal, s'alignaient les géants d'un autre temps.

Tricératops, ankylosaures, cent autres squelettes énormes, inquiétants ou intrigants, se dressaient sur leur piédestal de bois, chacun estampillé de son petit cartouche. En avant-garde de cette armée pétrifiée, le diplodocus et le terrible allosaure dont la gueule ouverte exhibait ses rangées de crocs impressionnants à plus de quatre mètres au-dessus du sol.

Alors même qu'elle observait ce dragon d'ossements blanchâtres statufié dans cette pose menaçante, se télescopait dans sa tête un déroutant patchwork d'images et d'émotions, de sensations…

Elle se rappelait la frayeur de la petite fille qu'elle avait été, la première fois qu'elle était venue ici avec ses parents, ce mélange de peur et de fascination qui s'était emparé d'elle lorsqu'elle avait découvert le grand carnosaure issu d'une époque lointaine et les autres squelettes alignés ici, comme une légion de fantômes.

Mais des images, différentes, venaient se superposer à celles-ci… Des images bizarres, déformées, de ces mêmes créatures, mais habillées de chair, dont la posture, pour certaines, ne correspondait pas du tout à celle qu'on leur avait donnée ici… À chaque fois, ces monstres du passé rugissaient, fuyaient, combattaient… ou mouraient, sous les assauts de membres noirs et iridescents.

Une de ces visions, en particulier, comme à travers un prisme aux couleurs étranges, lui montrait un allosaure qui claquait des mâchoires, tranchait de noires excroissances qui s'enroulaient autour de lui, alors qu'il hurlait son agonie. Plus encore, elle eut un instant l'impression de sentir, comme si elle la touchait, la peau grumeleuse du dinosaure, hérissée de plumes archaïques, comme les sombres appendices se resserraient autour de lui, pressaient de plus en plus fort… Elle ressentit même, avec un horrible mélange de répulsion et d'un sentiment plus trouble, une sorte de jouissance triomphale quand le crâne cuirassé céda dans un bruit d'œuf brisé et que l'allosaure cessa de s'agiter. La matière noire et luisante le recouvrit. Elle sentit monter en elle une odieuse félicité, celle de cent bouches avides mordant dans la chair chaude…

Elle eut un sursaut. Tout s'effaça, comme si elle sortait d'un cauchemar. Soudain, elle ne fut plus que Marie.

Mais elle sentait encore, tel un spectre gustatif, sur sa langue, la saveur capiteuse du sang du prédateur géant.

Que lui arrivait-il ? Devenait-elle folle ?

Un bruit, derrière elle, dans l'entrée, la ramena au moment présent.

On approchait… L'homme qui avait escaladé le portail avait dû la suivre dans le bâtiment. Il ne tarderait pas à déboucher dans la salle.

Si elle restait là, il ne pourrait la rater.

Repoussant ses pensées et ses incompréhensibles visions dans un recoin de sa conscience, en espérant qu'elles y demeurent, au moins le temps qu'elle échappe à ses poursuivants, elle s'élança, courbée en deux.

Sur sa droite, elle avisa le squelette impressionnant d'un énorme poisson de plus de huit mètres de long, au crâne cuirassé digne des pires cauchemars, qui semblait lui sourire de ses mâchoires formidables, ses orbites vides béant sur un néant affamé.

Dunkleosteus, la renseigna le cartouche installé devant la créature d'un autre temps. *Placoderme arthrodire - Dévonien supérieur – 382,7 et – 358,9 millions d'années.*

Alors même que son regard passait sur le monstrueux fossile montèrent à nouveau en elle des images de ce qu'il avait dû être, nageant dans les eaux sombres de quelque océan disparu, fuyant devant…

Elle secoua la tête, repoussa cette nouvelle vision, cette impression de glissement dans des profondeurs liquides, et s'agenouilla derrière le socle du grand squelette.

Il n'était que temps.

À peine s'immobilisa-t-elle que la silhouette d'un homme en combinaison noire, brandissant devant lui la forme trapue d'une arme automatique, avec laquelle il balayait les fossiles du faisceau rouge de son pointeur laser, entrait dans la salle.

Il progressait avec précaution. Son casque pivotait à droite et à gauche, comme une tourelle de char. Les lentilles luminescentes poinçonnant le masque posé sur ses traits lui conféraient, dans la pénombre, un faciès d'insecte.

Quelque part, le carillon d'une alarme continuait à retentir. Marie sentit ses battements de cœur s'accélérer alors que l'homme parvenait à hauteur du fossile derrière le socle duquel elle se dissimulait.

Retenant son souffle, elle attendit, espérant qu'il la dépasse pour pouvoir s'enfuir dans son dos.

Elle entendit soudain sa voix, étouffée par le casque :

— Montre-toi, je sais que tu es là.

Malgré le masque qui filtrait les sons, elle le devinait nerveux.

— Fais pas ton méchant. On te veut pas de mal.

À croupetons, alors qu'il arrivait presque à sa hauteur, elle commença à contourner le socle.

Elle était presque arrivée de l'autre côté et s'apprêtait à s'élancer vers l'entrée quand l'homme en combinaison noire reçut une transmission, leva la main à son casque, appuya sur un bouton…

Un faisceau bleuté surgit d'un des oculaires et balaya soudain la pièce. Le soldat poussa une exclamation étouffée.

Il l'avait repérée ! Quelque chose, dans ce faisceau, l'avait aussitôt dirigé vers elle.

Comprenant qu'elle était démasquée, Marie se redressa pour courir vers la sortie. Un aboiement sourd… La rafale la cueillit avant même qu'elle n'ait pu faire un pas.

Elle sentit, dans son dos, dans son torse, l'impact des balles qui entraient dans sa chair, la hachaient, brisaient ses os, en une explosion de douleur.

Elle bascula en avant et s'effondra, tremblante, alors que son sang la quittait, inondait le sol par la dizaine de trous qu'on avait forés en elle… avant de se tarir.

L'homme s'approchait. Comme du fond d'un rêve, elle qui se croyait déjà morte, elle sentit…

— Eh ben ! Ça marche pas si mal, finalement, apprécia une voix satisfaite au-dessus d'elle.

Le commando la dominait, son arme à la main, toujours braquée sur elle.

« Morte… Je devrais être morte », songea-t-elle un instant avec une sorte d'étonnement détaché… juste avant de sentir la douleur refluer, et ses blessures… se refermer, sa chair se régénérer et rejeter les corps étrangers qui l'avaient envahie.

Les balles tombèrent au sol. L'une d'entre elles roula sur le parquet, dans un petit bruit sec qui lui sembla résonner de manière assourdissante dans le silence du muséum.

Le soldat en noir dut comprendre que quelque chose n'était pas normal.

— Nom de… commença-t-il.

Il n'eut pas le temps d'en dire plus.

Poussée par un instinct obscur, Marie se retourna pour lui faire face, leva un bras, le tendit vers lui…

Un bras ? Non.

Cela monta à travers elle, à travers son membre tendu, une force noire et huileuse, iridescente, qui se déploya, se sépara en plusieurs appendices semblables à des tentacules.

Le premier s'enroula autour de l'arme du soldat et la lui arracha, sans qu'il puisse résister.

Il poussa un cri de surprise qui s'acheva aussitôt lorsqu'un second appendice enveloppa son cou, le souleva du sol et serra, serra très fort, alors qu'il tentait en vain de l'écarter.

Il y eut un craquement… Le soldat cessa de s'agiter. Son corps amorphe pendit au-dessus du plancher, juste avant que le tentacule sombre et luisant ne le lâche et, comme son frère, ne se résorbe, redevienne un bras, une main, qu'elle observait avec horreur.

« Ce n'est pas vrai, ne cessait-elle de se répéter. C'est un cauchemar. Je vais me réveiller. »

Venus de l'entrée lui parvinrent des éclats de voix, ceux des confrères du commando qui gisait maintenant à côté d'elle, sa tête formant avec son corps un angle bizarre.

Dans quelques secondes, ils seraient là. Déjà, les faisceaux de leurs pointeurs laser balayaient la grande salle, passant sur les murs, sur les fossiles géants…

Elle devait fuir à nouveau. Les réponses attendraient.

Elle se retourna pour filer de l'autre côté, sans savoir où elle irait, quand elle se trouva nez à nez avec une jeune fille vêtue d'une combinaison fumée, au chignon serré, au visage brun, aux immenses yeux sombres, qui la dévisageait.

Tellement surprise par cette apparition venue de nulle part, elle la fixa sans comprendre. Les lèvres de l'inconnue s'ouvrirent pour annoncer, dans un français teinté d'un léger accent étranger :

— Si tu veux vivre, viens avec moi.

Marie, frappée de stupeur, hésita. Pouvait-elle lui faire confiance ? Qui était cette inconnue ? Derrière elle s'élevaient déjà des bruits furtifs, des voix étouffées. Ses poursuivants arrivaient.

Alors même qu'elle fixait la jeune fille, toujours immobile, qui lui tendait la main, elle sentit…

Il y avait quelque chose en elle… Un je-ne-sais-quoi de bizarre, de…

— Viens, insista l'inconnue.

Marie secoua la tête et s'apprêtait à la contourner mais, avant qu'elle n'ait pu faire un geste, une terrible décharge jaillit des doigts de la jeune fille brune et l'atteignit en pleine poitrine.

Elle perdit connaissance.

Dans la pénombre du muséum, la nouvelle venue se pencha sur le corps inconscient de Marie. Elle s'accroupit, l'enveloppa d'un bras. À l'instant où les hommes casqués, alarmés par la lueur de l'éclair, débouchaient dans la salle, elle bondit d'une détente formidable jusqu'à la verrière, au sommet du bâtiment, emportant Marie avec elle.

Des cris montèrent du groupe de soldats. Des tirs grondèrent. Les balles sifflèrent autour d'elle, alors qu'elle s'agrippait à une poutrelle de métal. Plusieurs l'atteignirent, dans le dos et au bras… sans effet notable.

Un carreau se brisa juste à côté d'elle. Elle en profita pour se glisser au-dehors, sautant d'une entretoise à l'autre pendant que le verre explosait autour d'elle en geysers d'éclats tranchants.

À l'aplomb du squelette d'un immense cétacé, elle prit appui sur une des poutrelles, bondit et saisit le bout d'un filin pendant depuis une forme noire qui, au-dessus du muséum, planait en vol stationnaire, dans le battement rapide de ses pales silencieuses… Une sorte d'hélicoptère aux lignes étranges, presque invisible dans la nuit urbaine.

Le câble de métal se tendit. Elle glissa son pied dans une boucle. Il l'emporta vers le haut, jusqu'à une ouverture dans le ventre de l'engin aux allures d'insecte.

Les balles sifflèrent autour d'elle. Une la toucha à l'épaule. Elle l'ignora, comme les précédentes.

Une trappe se referma, l'isolant de l'extérieur. Quelques projectiles claquèrent en vain contre le métal de la coque.

Déposant son précieux fardeau aux cheveux blonds sur une couchette, la jeune fille brune aux immenses yeux sombres se tourna vers l'avant de l'appareil.

— Je l'ai, lança-t-elle.

De la pénombre du cockpit, seulement percée par la clarté électrique de multiples voyants et écrans, une voix profonde, qui imposait d'emblée le respect et la confiance, s'éleva.

— Très bien, Kali. Je te félicite. Tu n'as pas été trop touchée ?

La jeune fille dénuda la peau bronzée de son épaule dans laquelle apparaissait un trou rond, celui qu'avait foré une des balles qui l'avait atteinte.

— Rien de grave, assura-t-elle en inspectant tour à tour les autres impacts.

— Tant mieux, apprécia celui qui se trouvait aux commandes. C'était le plus délicat… N'en reste plus qu'un à récupérer.

À peine ces mots s'élevaient-ils dans l'habitacle que l'hélicoptère, virant sur une de ses étranges ailes atrophiées, pivota sur lui-même et s'éloigna sans bruit dans la nuit parisienne.

CHAPITRE 9

Bienvenue à bord !

Touchée de plein fouet par la décharge de plomb, la tête de la jeune fille explosa.

Sergueï, horrifié, retint un cri… qui mourut dans sa gorge lorsque le camion défonça le portail sans s'arrêter, mais plus encore quand il constata qu'aucune goutte de sang, ni de morceau de cervelle ou que savait-il d'autre, n'avait giclé du crâne pulvérisé.

Secoué comme un ballot de paille, mais indemne, il se redressa contre son siège pour voir la fourgonnette foncer vers le bâtiment qui s'élevait de l'autre côté de la rue.

Un nouveau hurlement monta dans sa gorge, sûr qu'il était de finir écrasé contre le mur de béton dans les secondes qui suivraient. Il décrochait déjà sa ceinture pour saisir la poignée et ouvrir la portière lorsque la camionnette tourna sur les chapeaux de roue et se mit dans l'axe de l'avenue.

Il crut un instant à un caprice du hasard, ou à l'intervention de quelque puissance divine qui l'aurait pris en pitié, puis il se rendit compte que les mains de sa voisine décapitée, qui serraient encore le volant, semblaient diriger le véhicule.

Le corps privé de tête continuait de conduire.

Il était prêt à se pincer pour voir s'il ne rêvait pas, ou à croire qu'il était vraiment fou, quand une voix monta de la poitrine menue… Une voix proche de celle de la jeune fille, mais en plus monocorde, plus… artificielle.

— Guide-moi.

Sergueï n'était pas vraiment versé en anatomie, mais en savait suffisamment pour affirmer qu'on ne pouvait s'exprimer sans bouche ni langue pour articuler des sons, et dans ce cas…

— Guide-moi. Je n'y vois plus rien.

Le camion déviait lentement vers la gauche et une des façades des bâtiments gris et sinistres.

— À droite ! À droite ! ordonna Sergueï comme une des roues heurtait le trottoir. Tout droit, ajouta-t-il lorsque l'avant du véhicule revint dans l'axe de la rue.

Ce disant, il s'était un peu penché sur sa voisine pour regarder ce qui se trouvait dans son cou.

Il aurait dû y voir un bouillonnement sanglant et des morceaux d'os, mais il n'y découvrit qu'une substance semblable à du latex de couleur chair et des mécanismes complexes. Il y avait bien quelques tuyaux pour dégorger un liquide translucide aux reflets légèrement bleutés, mais c'était tout.

— Tu… tu es un… un robot, commença-t-il, avec l'étrange impression de se trouver dans un film. Je veux dire, un cyborg… genre Terminator.

— Non, répondit la voix monocorde. Je suis une fille.

— Ah ! acquiesça Sergueï, la bouche sèche, sans cesser de fixer le corps décapité qui se tenait à sa droite, et dont des morceaux de crâne jonchaient l'habitacle. Oui, bien sûr. Où avais-je la tête ?

— Tu te crois drôle ? grinça sa voisine.

— Oh ! Pardon ! s'excusa-t-il, juste avant de hurler, comme ils arrivaient sur une avenue transversale. Tourne ! Tourne !

— Vers où ?

— À gauche ! À gauche !

Le corps sans tête réagit aussitôt. La camionnette, dérapant sur la neige, se mit plus ou moins dans l'axe de l'avenue, coupant la route à une autre voiture qu'elle manqua emboutir et dont le conducteur les gratifia d'un coup de klaxon rageur.

— J'ai dit, guide-moi, ordonna la morte vivante. Mes capteurs oculaires ont été détruits. Je suis aveugle.

Sergueï envisagea un instant la possibilité de sauter de la camionnette en marche pour sortir de cette histoire délirante, mais le souvenir de ce psychologue qui l'avait reçu et des malabars qui l'avaient poursuivi l'en dissuada.

Celle qui se trouvait à côté de lui, qui ou quoi qu'elle soit, lui paraissait préférable à un retour à l'hôpital. Il n'avait aucune envie d'être sanglé à un lit et bourré de calmants qui le transformeraient en légume, alors…

— Si tu veux que je te guide, faudrait me dire où tu veux aller.

— Au parc maritime de la Victoire, répondit immédiatement sa voisine.

Sergueï, qui devait faire des efforts pour conserver son regard sur la route, demanda :

— Pourquoi là-bas ?

— Nous avons rendez-vous.

— Ah ! Très bien, acquiesça Sergueï. Euh… Droite !

La camionnette vira brusquement et tangua avant de se stabiliser. Sergueï, avisant que la circulation, alentour, se faisait plus dense, se concentra sur ce qui se trouvait devant eux, chose rendue compliquée par le pare-brise brisé à travers lequel il ne voyait guère et la neige qui s'engouffrait dans l'habitacle. Il faisait glacial là-dedans.

Comme si ça ne suffisait pas, il entendit, venus de l'arrière, un rugissement de moteurs et un concert de sirènes… On s'était lancé à leur poursuite.

Il envisagea de prendre la place de la conductrice, mais il aurait fallu pour cela s'arrêter sur le bord de la route et…

— Je prends le volant ! lança-t-il en saisissant le cercle de plastique. Toi, occupe-toi des pédales.

Sa voisine obtempéra.

Il était temps. Une voiture remontait à leur hauteur. Sergueï, par la portière, devina les visages de deux « infirmiers » levés vers eux, et surtout… le canon d'un automatique brandi en direction de la pilote décapitée.

Celui qui visait faisait une drôle de tête. Visiblement, il ne savait plus trop où braquer son arme…

Sergueï ne lui laissa pas le temps de réfléchir.

Tournant le volant vers la gauche, il emboutit l'ambulance qui, sous le choc, partit vers le trottoir en une glissage incontrôlable avant de monter dessus et de percuter un lampadaire.

Il jubila.

Bienvenue à bord !

Il avait toujours rêvé de faire ça, comme dans les films.

Les hurlements des sirènes douchèrent sa bonne humeur. L'ambulance n'était pas seule, on aurait dit que tout ce que l'hôpital contenait de véhicules s'était lancé à leurs trousses.

Des soignants avec des armes ? Ça n'avait pas de sens. Comme une fille sans tête qui conduisait encore ?

Cette réflexion en amena une autre.

— Qu'est-ce que tu me veux ?

— La même chose qu'eux. Ce que tu as dans la tête, avoua aussitôt sa voisine.

— Alors pourquoi je devrais rester avec toi plutôt qu'avec eux ? demanda-t-il.

— Parce que moi, je ne t'ouvrirai pas le crâne pour y planter des électrodes dedans. Ça te va comme réponse ?

Effectivement, vu comme ça…

Derrière eux, les autres ambulances se contentaient de les suivre. Ils avaient compris qu'il ne servait à rien de tenter de les dépasser. Ils attendaient l'occasion.

— Pourquoi le parc ?

— Nous allons au bord de la Neva. C'est loin du centre-ville.

— Ils vont nous coincer, tu le sais ? fit remarquer Sergueï en tournant pour prendre une autre avenue.

— À ce moment-là, ça n'aura plus d'importance.

— Si tu le dis.

Dans le rétroviseur, il surveillait du regard la dizaine d'ambulances à leurs trousses, comme une meute de loups poursuivant un élan.

Le tout était de les garder derrière eux.

Il y parvint, slalomant entre les véhicules qu'ils croisaient, sur la route enneigée, avec les flocons qui tourbillonnaient autour de lui.

Par deux fois, une ambulance tenta de passer devant eux pour les coincer. Il anticipa et les rabattit sur un côté ou l'autre.

Par quel miracle atteignit-il l'entrée du parc ? Il l'ignorait.

Sans ralentir, il s'engouffra à l'intérieur, les roues dérapant dans la neige, droit vers la Neva dont il devinait le cours saisi par le gel qui s'étirait, longue surface plane et nue, de l'autre côté des arbres.

Quelques promeneurs qui étaient sortis malgré le froid, dans le soir tombant, s'écartèrent en piaillant et regardèrent passer, incrédules, ce cortège improbable qui ne s'arrêta que lorsque la fourgonnette jaillit du sous-bois pour se précipiter vers la rivière glacée.

— Freine ! hurla Sergueï alors que l'engin se ruait vers la berge.

La camionnette, dont la tôle enfoncée couinait abominablement, dérapa sur la surface blanche, se mit de travers et s'immobilisa juste à côté de la glace.

À peine s'était-elle arrêtée que sa voisine décrochait sa ceinture et lui ordonnait :

— Guide-moi dehors.

Sergueï, avec une nouvelle impression d'irréalité, descendit de l'habitacle, aida le corps sans tête à faire de même et se retourna à l'instant où les ambulances qui les poursuivaient stoppaient en dérapant autour d'eux.

En jaillit une véritable troupe « d'infirmiers » tous plus patibulaires les uns que les autres, brandissant autant d'armes automatiques.

— Infirmiers mon cul, murmura-t-il, avant d'ajouter pour sa voisine, alors que les épinglait la lueur des phares des véhicules et que s'approchaient les colosses en blouse blanche : Qu'est-ce qu'on fait maintenant ?

— On attend, répondit le corps sans tête.

— On attend quoi ?

Sergueï venait tout juste de prononcer ces mots que, derrière eux, s'éleva un bruit assourdissant : celui de la glace se brisant sous une force prodigieuse.

Sergueï vit soudain l'expression des hommes qui s'approchaient changer du tout au tout, leurs regards braqués, ahuris, sur ce qui se trouvait dans son dos.

Il se retourna… pour découvrir un objet de métal et de verre, partie émergée d'une structure qu'on devinait bien plus vaste, sortant de la glace éventrée.

Une plaque de métal rivetée coulissa. Des entrailles de l'engin, une escouade d'hommes en scaphandres extraordinaires, aux casques semblables à des crânes de créatures marines, jaillit, pointant d'étranges fusils vers les infirmiers.

Ces derniers ouvrirent le feu. Une grêle de projectiles siffla dans l'air tandis que Sergueï entraînait sa compagne décapitée au sol.

Les balles ne firent visiblement guère d'effet aux scaphandriers. Ils répliquèrent par de longs éclairs électriques qui zébrèrent l'air froid et touchèrent leurs adversaires qui s'effondrèrent aussitôt.

En moins de cinq minutes, ceux qui les poursuivaient étaient à terre, inconscients ou morts, et l'un des scaphandriers s'approcha d'eux. Un scaphandrier étonnamment menu qui, parvenu à leur hauteur, leva les mains à son casque, l'enleva et secoua la tête pour libérer une masse de cheveux auburn.

Une très jolie jeune femme, au visage volontaire, moucheté de taches de rousseur, s'adressa à eux dans un russe à l'accent étranger :

— Allons, debout. C'est fini. Il faut partir.

Sergueï, avec l'impression persistante de se trouver dans un rêve, fixa celle qui lui souriait par-dessus le collier de fer de son scaphandre.

— Je peux savoir pourquoi je vous suivrais ? Je sais même pas où on va.

Un sourire étira les lèvres pleines de la jeune femme.

— Vous préférez rester ici ?

Elle leva un doigt alors que résonnaient, dans le parc, les sirènes des voitures de police qui approchaient. Visiblement, leur petite course-poursuite et la fusillade qui avait suivi n'étaient pas passées inaperçues.

Avait-il le choix ?

En regardant le beau visage de celle qui l'observait avec un sourire à la fois moqueur et attendri, il se décida.

Il n'avait aucune envie de retourner à l'hôpital ni à l'orphelinat.

Son regard glissa sur la dunette de verre et d'acier qui dépassait de la glace, puis sur le corps étêté de sa compagne, et enfin de nouveau sur la charmante scaphandrière qui attendait sa réponse.

Il soupira.

— Très bien, je vous suis.

L'instant suivant, ils embarquaient dans le sous-marin, non sans que leur hôtesse n'apostrophe sa compagne décapitée.

Bienvenue à bord !

— Tu t'es surpassée aujourd'hui, Kali.

Elle ajouta à l'intention de Sergueï, en désignant le sas ouvert où venaient de rentrer les scaphandriers.

— Bienvenue à bord du *Nautilus V.*

Lorsque les voitures de police débouchèrent sur l'esplanade enneigée, elles ne trouvèrent qu'une camionnette déglinguée, dix ambulances et une quinzaine d'hommes en blouse blanche inconscients.

Le *Nautilus*, lui, avait disparu…

CHAPITRE 10

Invité ou prisonnier ?

— Jonah !

Ce fut sur ce cri que se réveilla Ryan, alors que les yeux résignés de son frère le fixaient encore, que ses mains lâchaient prise et que les choses-poissons le recouvraient…

Il se redressa d'un coup… avant de se rallonger quand sa tête heurta une substance dure avec un bruit sonore, lui envoyant dans tout le corps une décharge de douleur depuis le sommet du crâne.

Il grogna, porta les mains à son front endolori, rouvrit les yeux et les posa sur ce qui l'entourait : une petite pièce, une cabine ou une cellule, toute bornée de métal riveté, du sol au plafond, un métal d'une teinte jaune légèrement orangé.

Un éclairage discret, un rien bleuté, qui suffisait à peine à dissiper l'obscurité, filtrait d'une sorte de rampe à ras du plafond.

Où se trouvait-il ?

Tendant ses sens vers ce qui l'entourait, il perçut, dans son dos, comme une légère trépidation continue, celle qu'aurait pu produire un moteur. Il était donc dans un véhicule… un bateau probablement.

Mais comment était-il arrivé là ?

Il se souvenait avoir hurlé, à l'arrière du pick-up, avoir tenté de descendre pour rejoindre Jonah… Une voix, celle de la conductrice, tentait de le calmer, alors qu'il exigeait qu'elle retourne en arrière et menaçait de sauter en route si elle refusait… puis plus rien.

L'avait-elle assommé ? Il le sentirait encore… Cela dit, avec le coup qu'il venait de recevoir sur la tête… Mais non, c'était autre chose.

Toujours est-il qu'il se réveillait ici, en un lieu inconnu, et que Jonah, lui…

Il devait à tout prix faire quelque chose. Il ne pouvait laisser son frère ainsi à la merci de leur « famille », des autres habitants d'Innsmouth, de ces choses qui les avaient poursuivis et de ce qui sortait de l'océan pour venir au Rocher du Diable, cette chose qui avait poussé, l'autre soir, ce cri effroyable.

Non, il ne pouvait pas.

Il se redressa une nouvelle fois, prenant garde à ne pas donner de la tête contre le métal du large conduit passant au-dessus de son étroite couchette, et s'assit.

La pièce était donc une cabine, simple et spartiate, avec un petit bureau, un évier dans un coin, un W.-C. et même une minuscule douche.

Il s'aperçut qu'il était en caleçon. On lui avait visiblement enlevé ses affaires déchirées avant de l'étendre. À ce qu'il voyait, on avait nettoyé et pansé ses plaies.

Invité ou prisonnier ?

Sur sa gauche, dans la paroi d'en face, juste à côté du bureau et de la chaise, une porte de métal comme on en trouvait dans les bateaux.

Il se leva, chercha de quoi s'habiller.

Il y avait une penderie dans le mur près de la porte. Il l'ouvrit pour y découvrir un pantalon, une chemise, une veste et des chaussures : un uniforme.

Bon, il n'allait pas rester en caleçon pour sortir, alors… Il l'enfila et se rendit compte qu'il était à sa taille.

Au moment de revêtir la veste stricte, cintrée à la taille, au boutonnage militaire un peu ancien, il avisa, sur une des poches de poitrine, un étrange sigle brodé au fil d'argent… une sorte de pieuvre ailée transpercée par une lance, entourée d'un cercle frappé de ces mots en latin :

Semper moriendum est quod in perpetuum dormiens. Qu'est-ce que cela pouvait bien vouloir dire ?

Il se regarda dans le miroir accroché à l'intérieur de la porte. À son grand étonnement, il avait de l'allure. Ne restaient plus que les chaussures, noires et résistantes, qu'il enfila à leur tour. Elles étaient neuves, un peu raides, mais ça irait. Il était prêt.

Son regard se posa sur la porte.

Serait-elle ouverte ? Ou fermée ? Dans les deux cas, il saurait sur quel pied danser. Il s'avança, tendit la main vers la poignée. La saisit.

Invité ou prisonnier ? Il inspira, tourna.

La poignée céda. La porte résista à la poussée. Il connut un instant de doute, mais elle s'ouvrit lorsqu'il la tira vers l'intérieur, lui dévoilant un couloir éclairé par la lumière froide qui baignait sa cabine et la silhouette d'un homme en uniforme de même facture que le sien, mais boutonné, et coiffé d'un bachi[1] de marin.

L'homme, un rouquin d'une trentaine d'années au regard clair, s'adressa aussitôt à lui :

— Vous êtes réveillé ? Très bien.

— Vous allez m'empêcher de sortir, c'est ça ? demanda Ryan avec une certaine inquiétude, prêt à tout, même s'il ne savait pas à quoi.

Le matelot arbora une expression surprise.

— Je ne comprends pas, Monsieur.

— Je suis prisonnier ? insista Ryan en redoutant la réponse.

— Pas du tout, Monsieur, vous êtes invité. D'ailleurs, si vous voulez bien me suivre, je dois vous conduire au grand salon, le capitaine et le docteur vous attendent.

— Le capitaine et le docteur ? répéta Ryan avec une grimace presque comique.

— Vos hôtes, Monsieur.

Ryan se demanda un instant s'il devait s'enfuir tout de suite. Mais comme un autre matelot en uniforme passait derrière le rouquin, il estima que ce serait pour l'instant peu avisé. Dans cet espace confiné, on aurait tôt fait de le rattraper.

— Très bien. Conduisez-moi, céda-t-il.

Le matelot s'engagea dans le couloir. Ryan lui emboîta le pas. Il ne prit même pas la peine de fermer la porte de sa cabine.

Ils suivirent un long couloir au plafond duquel

1. Couvre-chef en drap de laine bleu foncé porté par les matelots de marines de guerre de plusieurs pays.

couraient des tubulures mystérieuses. Dans l'une d'entre elles circulait un étrange liquide luminescent.

Sur la droite et la gauche s'alignaient différentes portes, la plupart fermées, quelques-unes entrebâillées à travers lesquelles Ryan devina des cabines semblables à la sienne, certaines un peu plus personnalisées, où on avait scotché aux murs métalliques des posters ou des photos.

C'étaient certainement les quartiers de l'équipage, songea-t-il. Le bâtiment devait être grand, car ils avaient marché longtemps.

Mais il eut beau faire, nulle part il ne vit de hublot qui aurait pu le renseigner sur l'endroit où il se trouvait.

Par moments ils croisaient une silhouette pressée qui se plaquait contre une des cloisons.

L'équipage semblait se composer d'hommes et de femmes, tous revêtus du même uniforme frappé du poulpe ailé transpercé d'une lance.

— C'est quoi ce bâtiment, s'enquit-il auprès de son guide. Un bateau ? Un sous-marin ?

Le rouquin, sans se retourner, s'excusa :

— Je ne suis pas habilité à vous répondre, Monsieur. Mais le capitaine et le docteur vous apprendront tout ce que vous devez savoir.

Ryan s'apprêtait à le relancer quand ils débouchèrent sur une passerelle dominant d'une dizaine de mètres un grand hangar. Là s'alignaient, face à autant de portes, d'étranges engins de métal rivetés, des mini sous-marins aurait-il dit, au cockpit de verre renflé, semblables à des raies mantas. Il y avait, dans ces étonnants appareils, un aspect à la fois fantastique et ancien, dans l'élégance de leur fuselage, le souci qu'on avait eu de leur donner une apparence presque animale.

— Whoua ! souffla-t-il en observant la double rangée d'étranges appareils. C'est…

— Nous sommes attendus, Monsieur, le pressa son guide.

Il le suivit, non sans regarder tout ce qui l'entourait avec émerveillement. Il en oublia presque Jonah… presque.

Il ne savait toujours pas quel était ce navire, mais, vu les dimensions de la salle, il devait être vraiment énorme. Un porte-avions peut-être ?

Ils pénétrèrent dans un autre couloir, grimpèrent un étage par un escalier en colimaçon étrangement forgé, dans le style d'un autre temps, comme tout le bâtiment.

Il allait à nouveau interroger son guide lorsque celui-ci s'arrêta devant une grande porte qu'il ouvrit et lui fit signe d'entrer.

— Si Monsieur veut bien se donner la peine.

Ryan avait reçu de ses parents une bonne éducation. Il le remercia, avança… et se figea.

Il se tenait au sommet de quelques marches de fer, à l'entrée d'un étonnant salon. Aux murs s'alignaient de grandes bibliothèques face à un étrange diaphragme fermé. Au centre, autour d'une table basse, se trouvaient un immense canapé et trois fauteuils, tous de métal et rivetés au sol, mais garnis de coussins cossus…

Là, quatre personnes l'attendaient.

Les deux premières, assises sur le canapé, avaient son âge, ou peu s'en fallait. Son regard fut tout de suite attiré par la jeune fille blonde au visage d'ange, aux immenses yeux bleus, à l'air aussi déboussolé que lui, qui se tenait les mains croisées sur ses genoux. Elle était très belle, presque irréelle comme une fée.

À côté d'elle, blond lui aussi, se tenait un garçon athlétique, qui lui sembla typé d'un pays de l'Est… Lui aussi paraissait un peu égaré, mais son regard était plus aigu, son expression plus déterminée.

Dans deux des grands fauteuils, deux adultes leur tenaient compagnie : une belle jeune femme à la chevelure auburn coiffée en un chignon strict sous une casquette de marin, au visage légèrement oriental semé de taches de rousseur. Son expression volontaire suggérait un caractère que rien ne faisait fléchir.

Mais le plus impressionnant était l'homme qui occupait le second fauteuil et qui se leva en le découvrant.

C'était un colosse. Il mesurait plus de deux mètres de haut. Ses épaules ne devaient pas passer les portes. Sa peau possédait un hâle étrange, on l'aurait presque cru coulé dans le bronze. Ses cheveux blonds avaient des reflets roux semés d'argent. Son visage puissant, tout en angles et en méplats, comme sculpté dans le métal, dégageait une force irrésistible. Son regard, clair et pénétrant, était de ceux qu'on ne pouvait soutenir.

Quel âge avait-il ? Ryan n'aurait su le dire. Cinquante ans peut-être ? Ou moins… Il était le genre d'hommes sur lesquels le temps semblait ne pas avoir de prise.

La jeune femme se leva et se dirigea vers lui pour désigner le canapé.

— Je vous en prie, joignez-vous à nous.

Ryan faillit avancer mais, se rappelant les questions qui se bousculaient dans sa gorge, demanda :

— Où sommes-nous ? Et qui êtes-vous ?

La jeune femme eut un sourire et hocha la tête.

— C'est vrai, les présentations d'abord, je perds décidément toutes mes bonnes manières. Je me nomme Cornaline Nemo, capitaine de ce navire.

Ryan ne put se retenir.

— Nemo ? Comme…

— Le capitaine Nemo[1], oui, mon trisaïeul.

Ryan secoua la tête.

— Attendez… Vous n'allez pas me dire que nous sommes…

— À bord du *Nautilus V.*

— C'est ça, oui… ne put-il retenir.

Pour toute réponse, la jeune capitaine s'approcha d'une manette saillant du mur proche du grand diaphragme, l'abaissa d'un geste… Dans un sifflement léger, l'iris s'ouvrit sur une baie vitrée circulaire derrière laquelle Ryan ne devina que les ténèbres.

Des projecteurs s'allumèrent pour dévoiler un fond marin, des rochers hérissés d'algues flottant dans le courant. Un requin passa devant le gigantesque hublot avant de disparaître dans la nuit subaquatique.

Ryan sentit un vertige et manqua s'effondrer. L'homme de bronze se leva. La pièce parut rétrécir.

Il s'approcha de lui, le prit par le bras et l'amena au canapé où il l'aida à s'asseoir à côté des deux autres.

Lorsque Ryan fut installé, le géant se rassit dans son fauteuil. Il s'adressa à lui, d'une voix grave qui résonnait jusque dans ses os.

---

1. Personnage du roman *20 000 lieues sous les mers*, de Jules Verne. Dans le film du même nom, il est superbement interprété par James Mason.

Invité ou prisonnier ?

— Je suis le docteur Sauvage. C'est moi qui dirige l'organisation à laquelle appartiennent ce navire, son capitaine ainsi que tous ceux qui se trouvent ici.

Ryan, étrangement rassuré par le timbre du colosse et son regard franc qui ne semblait dissimuler aucune fourberie, ouvrit la bouche… Mais, avant qu'il ne puisse prononcer un mot, son voisin, le garçon blond au front bombé, s'adressa au géant dans un anglais au fort accent slave :

— Mais quelle organisation ?

Le colosse de bronze se tourna vers lui pour lui répondre :

— L'Agence Lovecraft.

CHAPITRE 11

Le mal par le mal

— L'Agence Lovecraft ? répéta celui qui s'appelait Ryan, le dernier arrivé. Jamais entendu parler.

— J'espère bien.

Le géant du nom de docteur Sauvage, qui avait accueilli Marie quand on l'avait amenée ici, souriait.

— Nous faisons beaucoup d'efforts pour cela.

— Vous êtes une agence gouvernementale ? Comme le SVR ou la CIA ? demanda son voisin de droite, le Russe, qui s'était présenté à Marie sous le patronyme de Sergueï.

— En quelque sorte, mis à part que nous n'appartenons à aucun gouvernement, et que nos buts sont… tout autres.

— Lovecraft… murmura-t-elle, comme lui revenaient des souvenirs d'un de ses ex-petits amis, féru d'imaginaire, qui adorait cet auteur. C'est un écrivain, non ? Un écrivain fantastique…

Elle ajouta, citant les mots de son ex-soupirant :

— Un écrivain dérangé et génial, si on passe au-dessus de son côté réac et raciste.

Le Doc échangea un regard avec la belle jeune femme en uniforme qui s'était présentée comme la descendante du capitaine Nemo. Tous deux sourirent.

— Comment réduire une personne et son œuvre à peu de chose ?

Il acquiesça néanmoins

— C'est vrai, dans les deux cas... mais le plus important, chez Lovecraft, n'est pas qu'il était un écrivain de génie, c'est surtout qu'il a eu accès à un savoir interdit, connu de bien peu, en particulier un certain livre, le Necronomicon, dans lequel sont consignés les plus terribles secrets de ce monde.

— Quels secrets ? demanda Ryan, plus impatient que les autres.

Le docteur Sauvage les fixa tour à tour, soupira, comme s'il désespérait devant l'ampleur de la tâche à accomplir. Face à ces trois paires d'yeux qui le dévisageaient, il prit une grande inspiration et se lança :

— Voici les mots par lesquels Lovecraft commence *L'Appel de Cthulhu*, une de ses nouvelles les plus célèbres : « Ce qui est, à mon sens, pure miséricorde en ce monde, c'est l'incapacité de l'esprit humain à mettre en corrélation tout ce qu'il renferme. Nous vivons sur une île de placide ignorance, au sein des noirs océans de l'infini, et nous n'avons pas été destinés à de longs voyages. Les sciences, dont chacune tend dans une direction particulière, ne nous ont pas fait trop de mal jusqu'à présent ; mais un jour viendra où la synthèse de ces connaissances dissociées nous ouvrira des perspectives terrifiantes sur la réalité et la place effroyable que nous y occupons ; alors cette révélation nous rendra fous, à moins que nous ne fuyions cette clarté funeste pour nous réfugier dans la paix et la sécurité d'un nouvel âge de ténèbres. »

Il se tut.

Marie allait ouvrir la bouche. Sergueï la devança, de son anglais au fort accent slave :

— Je ne pas comprendre.

L'expression de Ryan se passait de mots.

Leur hôtesse vint au secours du docteur.

— Ce que voulait dire Lovecraft, c'est que nous n'avons pas été les seules formes de vie à prospérer sur Terre. Avant nous, il y a eu sur ce monde d'autres races évoluées, certaines plutôt bienveillantes qui ont aidé la vie à se développer sur cette planète, d'autres terribles qui ont ravagé ce monde et fait subir aux êtres qui le peuplaient une effroyable domination.

— Vous voulez dire, avant les humains ? demanda Marie.

— Je veux dire avant toute forme de vie connue à la surface de ce monde, répondit la jeune capitaine avec un étrange regard.

Le docteur, qui devait avoir lu sur leur visage leur incompréhension, reprit le flambeau :

— Tous les organismes présents sur Terre, depuis les premières bactéries jusqu'à nous, sont basés sur le carbone. Mais il y a eu d'autres cycles auparavant, des formes de vie totalement différentes, étrangères, qui ont foulé cette planète. Certaines n'étaient pas originaires de ce monde, de ce système solaire, voire de cette réalité… Quelques-unes ont érigé de grandes civilisations, ont dominé ce monde pendant des millions, des milliards d'années, puis ont disparu…

Marie sentait un certain vertige la gagner à la pensée de ces gouffres de temps qu'évoquait le docteur Sauvage de sa voix ample et hypnotique. Il poursuivait d'ailleurs.

— Imaginez… Si nous réduisions l'histoire de ce monde à vingt-quatre heures, les plantes apparaîtraient à 21 heures, les organismes multicellulaires à 21 h 06, les poissons à 21 h 22, les reptiles à 22 h 20, les dinosaures et les mammifères à 22 h 50, les primates, nos ancêtres, à 23 h 40 et nous, l'homme, à 23 h 59, une minute à peine avant minuit… Mais avant, avant les plantes, à des époques si reculées qu'elles sont presque inconcevables pour nous, il y eut d'autres races, d'autres civilisations, dont les cités s'élevaient sur les premiers continents ou dans les mers originelles. Des êtres extraordinaires, grotesques ou effroyables, ont marché, rampé, volé, nagé sur cette Terre bien avant que n'apparaissent les plus primitives des amibes.

Ryan leva la main.

— Excusez-moi, Monsieur, mais je ne vois pas bien le rapport que ça a avec votre agence, ou avec nous.

— Et pourtant vous devriez, mon jeune ami, car cela a un rapport direct…

Il se tut, laissant peser sur eux le poids de son regard soudain aigu, dérangeant.

— J'ai dit que certains de ces êtres avaient disparu, pas qu'ils étaient morts. Car, comme le dit le Necronomicon… « N'est pas mort qui à jamais dort, et en d'étranges éternités peut mourir même la mort. »

L'intonation qu'il avait mise sur ces derniers mots était telle que Marie sentit un frisson parcourir son dos.

— Qu'est-ce que cela vouloir dire ? demanda le Russe, penché en avant, les yeux plissés, comme si ces mots trouvaient en lui un terrible écho.

Le docteur Sauvage attendit un instant avant de répondre :

— Que certaines de ces créatures, de ces puissances inimaginables, qui ont dominé ce monde, ne sont pas mortes car, n'étant pas vraiment vivantes au sens où nous l'entendons, ou pas totalement dans notre réalité, elles ne peuvent mourir… Elles sont seulement en sommeil, attendant le moment de se réveiller, de reprendre possession de ce monde et de le façonner à nouveau à leur guise…

Un silence oppressant tomba sur eux. N'eût été le passage d'un nouveau requin curieux qui, attiré par la lumière des projecteurs, promena son museau allongé derrière la grande baie sous-marine, on aurait pu croire que le temps s'était arrêté.

— … dans le monde entier, sur tous les continents, et même sous les mers…

Marie, du coin de l'œil, nota qu'à ces mots celui qui s'appelait Ryan se raidit.

— … les séides des Grands Anciens, les plus terribles des créatures qui ont dominé cette planète, œuvrent en secret à leur retour… Lorsque les étoiles seront alignées, la grande cité sous-marine de R'lyeh, demeure de Cthulhu, le plus effroyable d'entre eux, ressurgira des flots…

Il acheva, et l'expression de son visage avait quelque chose de tragique, son regard se perdait loin, très loin au-delà de cette pièce, de ce bâtiment, sur quelque vision cauchemardesque.

— *... et cet instant est proche.*

Une fois encore, le silence pesa sur eux, écrasant, jusqu'à ce que la voix de Ryan ne s'élève, étrangement étranglée.

— Qu'est-ce qu'on a à voir là-dedans ?

Cornaline Nemo ouvrit la bouche pour répondre, mais le docteur la devança, martelant chaque mot, son regard magnétique passant sur eux, les mettant à nu.

— Chacun d'entre vous, à un titre ou un autre, est lié au mythe de Cthulhu, à ses puissances...

Comme Marie et Sergueï s'apprêtaient à protester, il poursuivit en levant une main, sur un ton qui ne souffrait pas de contradiction.

— Ne niez pas. Vous le savez, tous autant que vous êtes. Vous le savez, dans votre âme, dans votre chair... Vous faites partie de tout cela, vous êtes, vous-mêmes, une émanation de ces pouvoirs. Si on vous laisse tomber entre leurs mains, ils vous prendront et vous utiliseront, vous et vos capacités, pour détruire l'humanité.

— Et vous ? Vous ne voulez pas nous utiliser, bien sûr ? ironisa Sergueï.

Les yeux du géant se posèrent sur lui, francs et directs :

— Si. Mais pour sauver l'humanité.

Le docteur Sauvage prit une grande inspiration et continua, en se levant de son fauteuil, porté par une fièvre ardente qui brillait maintenant dans son regard.

— Chacun d'entre vous possède de terribles pouvoirs. Mais un pouvoir est ce que l'on en fait. Apprenez à vous en servir pour le bien, et non pour le mal, et grâce à vous nous pourrons peut-être sauver ce monde de la tempête et de la nuit qui approchent.

Le mal par le mal

Il avait presque crié ces derniers mots, vivante statue de bronze dressée contre les ténèbres.

— Le mal par le mal, murmura Marie.

Le docteur se tourna vers elle pour hocher la tête, comme s'il acquiesçait à une profonde vérité.

— Oui, Marie. Mais n'oublie pas… Quel que soit notre atavisme, quel que soit notre passé, ce qu'on nous a fait ou ce que nous sommes, on a toujours le choix. Vous avez le choix. Soit nous rejoindre et lutter pour l'humanité… soit vous laisser prendre par ceux qui veulent détruire notre monde, devenir leurs agents pour mieux nous damner tous. Il n'y a pas de troisième voie.

À l'instant où il achevait de prononcer ces mots qui rebondirent sur les murs de métal de la pièce, la porte du salon s'ouvrit pour livrer le passage à la jeune hindoue qui les avait tous ramenés, celle qui avait projeté sur Marie cet éclair qui l'avait sonnée.

— Ah ! Kali ! Joins-toi à nous, l'invita aussitôt Cornaline Nemo en se tournant vers elle.

Sergueï se leva et la désigna d'un doigt accusateur.

— C'est elle ! C'est elle ! C'est pas possible ! Elle n'avait plus de tête ! Qu'est-ce que…

Le docteur Sauvage soupira.

— Je crois qu'une petite explication s'impose. Kali, si ça ne t'ennuie pas…

CHAPITRE 12
L'histoire de Kali

La jeune fille brune s'avança. Elle se tint immobile près de la table et du canapé, ses yeux sombres, étrangement froids, distants, passant des uns aux autres.

— Kali, ne voudrais-tu pas t'asseoir, s'il te plaît ? demanda le docteur Sauvage.

— Je préfère rester debout si ça ne vous ennuie pas, Monsieur, répondit la jeune hindoue de cette voix charmante, mais purgée d'émotion.

Le docteur eut un geste qui semblait signifier « à ta guise » et hocha la tête.

— Pourrais-tu raconter ton histoire à ces jeunes gens afin qu'ils mesurent ce à quoi nous sommes confrontés ?

Il la fixa, avec un regard d'excuse.

— Je sais que je te demande beaucoup, Kali, et je te prie de me pardonner. Tu sais que je ne le ferais pas si ce n'était pas nécessaire.

— Je sais, Monsieur, le rassura aussitôt la jeune fille. Je comprends.

— Merci, Kali.

À peine le docteur avait-il prononcé ces mots que, devant les regards fascinés des trois autres adolescents, la jeune hindoue aux cheveux noirs, sans prendre une inspiration, pétrifiée telle une statue, commença son récit :

— Je m'appelle Kali Chakraborty. Je suis née à Bombay, dans une famille aisée. Mon père était issu de la caste des brahmanes et patron d'industrie. Je n'ai manqué de rien. J'ai eu accès à une très bonne éducation. J'étais très douée en sciences et en mathématiques. J'ambitionnais de devenir scientifique, spécialisée dans la physique quantique.

— À treize ans ? s'exclama Ryan avec une expression incrédule.

— J'avais douze ans, à l'époque, corrigea la jeune fille, imperturbable, en posant sur lui ses grands yeux sombres.

Ryan secoua la tête, comme s'il ne parvenait pas à y croire. Elle poursuivait déjà.

— Ma vie a basculé lorsque j'ai découvert que ma famille, en particulier mon père, entretenait des relations avec des gens… bizarres.

— Bizarres ? répéta Sergueï.

— Un soir, comme je passais devant son bureau, j'ai entendu des voix étranges, comme des bourdonnements. Elles parlaient de choses que je ne comprenais pas, de marchandises, de production, de spécimens… Je me suis approchée pour écouter. J'ai entendu ces voix ordonner à mon père de leur fournir plus de cobayes, des cobayes humains… que les leurs avaient besoin de matière première pour leurs expériences... Le temps allait bientôt venir, et ils devaient être prêts. Le Maître reviendrait bientôt...

Alors même qu'elle parlait, les regards des autres, assis en rang sur le canapé, se chargeaient d'une angoisse presque palpable, tant il était clair que la jeune fille imperturbable ne mentait pas, qu'elle ne faisait que raconter son histoire de la manière la plus fidèle possible.

— Je me suis approchée. La porte était entrouverte. J'avais peur de cette voix et de ce qu'elle disait. J'ai regardé. Je ne voyais que mon père, et son expression horrifiée. Derrière lui, projetée sur le mur par le lustre du bureau... une ombre qui n'avait rien d'humain.

Sergueï, qui écoutait, fasciné comme les autres, le récit de Kali, sentit un frisson ramper dans son dos car, même à travers cette voix détachée, on devinait combien la jeune fille d'alors avait été terrifiée.

— J'ai vu mon père se lever, crier qu'il n'avait jamais été question de livrer des humains, que leur accord était caduc et qu'il refusait de continuer...

Il y eut un silence.

— Il n'a pas eu le temps d'en dire davantage. La chose s'est jetée sur lui et j'ai pu la voir...

Sergueï, devant cette histoire incroyable, retint son souffle.

— Je l'ignorais à l'époque, mais il s'agissait de ce que le Necronomicon appelle un Fungi de Yuggoth. Une créature issue de la planète Pluton, à mi-chemin entre le végétal et l'animal et pas tout à fait de notre dimension. Leur chair est en partie translucide, presque invisible sous certaines conditions. Ils ressemblent à un croisement de crustacé et de champignon. Ils ont un crâne rond, hérissé d'excroissances, des pinces gélatineuses avec lesquelles ils peuvent manipuler des objets très délicats et effectuer des opérations très précises… comme sur mon père, ce soir-là, quand le Fungi se jeta sur lui pour lui enfoncer un mécanisme dans le crâne.

Il sembla à Sergueï qu'un vestige d'émotion passait dans cette voix mesurée, sur ce visage presque effrayant de froideur.

— J'ai hurlé. J'ai ouvert la porte et découvert qu'il y avait une seconde créature. Mon père se libéra un instant de son tortionnaire et me hurla de m'enfuir, juste avant que le Fungi ne lui enfonce son appareil dans le front.

Sergueï sentait ses mains se serrer en imaginant la scène et se demandait comment la narratrice pouvait rester si détachée.

— J'ai couru jusqu'au poste de sécurité de notre entreprise et j'ai rameuté les gardes. J'étais tellement bouleversée qu'ils n'ont rien compris, mais ils m'ont suivie. Lorsque nous sommes entrés dans le bureau, nous avons trouvé mon père, assis, seul, dans la pénombre. Il nous a reçus d'une voix calme, trop calme. Il a assuré les vigiles que tout allait bien, que c'était moi qui étais un peu « perturbée » depuis la mort de ma mère. Il leur a demandé de le laisser seul, car il avait beaucoup de travail, et leur a ordonné de me raccompagner à ma chambre.

Une fois encore, un spectre d'émotion marquait le visage de la jeune fille. Cornaline Nemo lui demanda :

— Kali, tu veux t'arrêter ?

— Non, Madame, ça va, lui répondit la jeune hindoue en posant sur elle son regard sombre et indéchiffrable, juste avant de reprendre : Je voyais bien que quelque chose n'allait pas, dans son visage, dans sa posture. Ce n'était pas lui, j'en étais sûre. Je voulais allumer la lumière pour le voir, pour savoir… mais ils m'ont emmenée. J'ai eu beau crier et dire ce que j'avais vu, cela n'a eu pour effet que de les persuader que j'étais perturbée. Ils m'ont enfermée dans ma chambre.

Sergueï eut à peine le temps de reprendre son souffle qu'il avait retenu sans s'en rendre compte. Kali poursuivait :

— Je n'y suis pas restée longtemps. J'étais habile comme un singe, me disait souvent ma mère. Je me suis évadée par les toits. J'ai gagné la fenêtre du bureau de mon père. Je suis entrée… Il était encore là, dans la même posture. J'ai allumé la lumière…

Elle marqua une pause. Le docteur murmura, d'une voix douce :

— Kali… prends ton temps.

— Ça va, docteur, lui répondit la jeune fille. Sur la chaise, il y avait ses vêtements, son visage et ses mains, mais c'était tout… Le reste n'était qu'une sorte de marionnette avec le crâne de mon père autour duquel on avait pratiqué une incision…

Un long silence… Cornaline Nemo se leva, sa main saisit le bras de Kali, pressa. Cette dernière tourna son regard vers elle. Ses paupières s'abaissèrent. Sergueï, la gorge nouée, comprit que si elle avait pu elle aurait pleuré.

Mais ce n'était encore que le début.

— Il y avait un étrange cylindre sur la table. Je n'y avais pas fait attention jusqu'à cet instant, mais tout à coup une voix en est montée, une voix qui était celle de mon père… ou du moins qui lui ressemblait, mais froide, distante, déformée, comme à travers un tuyau, celle qu'il avait quand il parlait aux gardes… Cette voix me dit qu'il était toujours là, que les étrangers lui avaient fait un merveilleux cadeau. Le cylindre s'est illuminé et j'ai vu…

Là, elle marqua un arrêt.

—… j'ai vu un cerveau humain baignant dans une solution luminescente.

Elle parut replonger dans ses souvenirs. Sergueï frémit à nouveau en imaginant cette jeune fille, seule, dans l'ombre, devant ce cerveau arraché à son propriétaire, baignant dans un tube… Le cerveau de son père.

Mais elle n'en avait pas fini.

— Il m'a dit qu'il continuerait à vivre, indéfiniment. Qu'il était immortel, hors d'atteinte de la douleur, de l'âge et de la décrépitude, que les visiteurs allaient bientôt le prendre avec eux pour l'amener au-delà de ce monde, découvrir des merveilles que je ne pouvais même pas soupçonner…

— Kali… murmura Cornaline, dont le beau visage volontaire exprimait à présent la pitié.

Mais la jeune hindoue, ignorant son interruption, reprenait :

— Il me dit qu'il était le futur de l'humanité. Que je devais le rejoindre, devenir comme lui, que les visiteurs auraient la bonté de m'offrir le même cadeau et d'utiliser mes connaissances. Nous deviendrions les princes de l'humanité de demain.

Sa voix distante s'était un peu fissurée. Le fantôme d'une émotion terrible avait traversé ses traits trop calmes.

— J'ai refusé bien sûr. J'étais horrifiée, bouleversée...

C'était étrange d'entendre ces mots filtrer de ses lèvres, de son visage marmoréen.

— J'ai senti une présence derrière moi. Avant que j'aie pu m'enfuir, des choses se sont refermées sur mes bras, des pinces, des pinces molles... J'ai hurlé, mais la voix de mon père, cette voix qui n'était plus tout à fait la sienne, s'est adressée à moi et m'a dit de ne pas m'inquiéter, de me laisser faire, que tout allait bien se passer. J'ai senti un courant me parcourir, comme une décharge électrique... puis plus rien.

— Va doucement, Kali, murmura Cornaline Nemo en serrant à nouveau le bras de la jeune fille.

— Ça va, Madame.

Il y eut pourtant une très longue pause, avant que Kali ne poursuive.

— Lorsque je me suis réveillée, le monde était différent. Les couleurs n'étaient pas les mêmes, les images non plus. Les odeurs me parvenaient, mais pas de la même manière, comme de très loin, les sons aussi. Je me suis demandé ce qui m'arrivait...

Sergueï, qui devinait déjà la suite, sentit ses mains se serrer, ses ongles entrer dans sa peau.

— J'étais dans ce qui ressemblait à un laboratoire, ou une salle d'opération. Il y avait des tables, et des corps alignés dessus, la plupart recouverts par un drap, et puis des instruments bizarres. Certains étaient tachés de sang...

Les sourcils épais se froncèrent, seule trace d'émoi sur ce visage trop calme.

— J'aurais dû être terrifiée, horrifiée, mais je ressentais les choses de manière lointaine, comme si mes émotions étaient atténuées. Je crois que j'ai compris tout de suite ce qui m'était arrivé, mais je ne voulais pas le croire jusqu'à ce que je voie un des corps, le plus proche, sous un drap taché de sang au niveau de la tête. Je ne pouvais le distinguer, mais… mais il y avait un bras et une main qui dépassaient du drap…

La voix monocorde était un peu montée, s'était chargée d'étranges octaves, comme si un trop-plein d'émotions bouillonnait sous la surface faussement calme de ses traits.

— Kali…

Sauvage paraissait inquiet.

— Il y avait un bracelet autour de ce poignet, un bracelet que je connaissais bien… C'était celui que ma mère m'avait offert pour mes dix ans… C'était le mien.

La voix avait atteint un crescendo dangereux. Sergueï, bouleversé, devinait ce qui grondait sous ces beaux traits exotiques imperturbables. Il craignit qu'elle n'explose.

La capitaine aussi devait le redouter. Elle fixait la jeune fille d'un regard appuyé.

Le visage d'ange de Marie, la Française, arborait une expression à mi-chemin entre l'horreur et la pitié. Elle avait levé la main pour cacher sa bouche.

Quand Kali reprit la parole, de sa voix à nouveau calme et mesurée, Sergueï faillit sursauter.

— J'ai cru que mon esprit allait se briser, que j'allais devenir folle… mais non. J'ai entendu des sons nouveaux, des détonations, des bruits de lutte. J'ai vu deux des créatures traverser le laboratoire en trombe. Elles fuyaient. Un tir a atteint l'une d'elles. Elle s'est liquéfiée en s'effondrant à terre. L'autre s'est enfuie.

L'histoire de Kali

Y avait-il, dans la voix de Kali, une amère satisfaction, et une certaine fierté, celle d'avoir résisté, d'être encore là ? Sergueï l'ignorait.

— Des hommes vêtus de scaphandre ont fait irruption dans le laboratoire. Certains tiraient avec des armes bizarres. Ils se sont lancés à la poursuite du deuxième Fungi… Mais l'un d'entre eux, le plus grand, s'est arrêté près du drap recouvrant mon corps. Il l'a soulevé… l'a reposé. Je l'ai vu enlever son casque et s'approcher de moi. Il y avait de la pitié sur son visage, et de la colère aussi. Il s'est dressé devant moi, et je ne sais pas pourquoi, j'ai été rassurée… Il m'a dit…

Ce ne fut pas elle qui acheva, mais le docteur, en un murmure presque inaudible :

— Ne t'en fais pas petite, on va s'occuper de toi… Je vais m'occuper de toi.

Les yeux de Kali se posèrent sur le docteur. Sergueï, même à travers ses traits impassibles, son regard indéchiffrable, devina un sentiment puissant qui n'était pas loin de l'adoration.

— C'était le docteur Sauvage.

Elle et l'incroyable géant échangèrent un regard fait de compréhension, de connivence et de quelque chose de plus fort encore… d'amour. L'amour d'un père pour son enfant.

— Mais alors comment… balbutia Ryan, l'Américain. Comment êtes-vous là maintenant ? Je veux dire…

Pour toute réponse, la jeune hindoue saisit le devant de la longue chemise traditionnelle qui couvrait son buste, la releva, dévoilant son ventre doré.

— Kali, tu… commença Cornaline Nemo. Tu n'es pas obligée de…

— Il faut qu'ils sachent, Madame… pour décider.

Ce disant, elle avait roulé la chemise juste sous sa poitrine. Sa main gauche se leva à son tour, pressa un point, juste à côté de son nombril.

Les yeux de Sergueï, comme ceux des autres, s'écarquillèrent lorsque le ventre de la jeune fille s'ouvrit en deux, sur une ligne nette et verticale, pour dévoiler non pas des entrailles, mais un compartiment. Y était logé un étrange cylindre de métal et de verre, un cylindre qu'elle saisit, fit pivoter… Il y eut un léger déclic, comme celui d'une pièce de métal sortant de son logement.

Alors, devant les regards stupéfaits des trois autres adolescents, elle extirpa l'objet de son ventre et le posa sur la table basse. Là, tous purent contempler, baignant dans un liquide iridescent, visible à travers la partie centrale translucide de l'incroyable artefact, ce qui ne pouvait être autre chose qu'un cerveau… un cerveau humain !

Alors même que des exclamations étouffées montaient des trois occupants du canapé, les lèvres de la jeune fille pétrifiée, au ventre ouvert comme une poupée à taille humaine, s'animèrent pour prononcer :

— Le docteur Sauvage m'a recueillie. Il a reconstruit un corps pour moi grâce auquel je peux voir et entendre, parler, toucher et me battre… me battre contre ceux qui m'ont infligé ça et qui désirent faire la même chose au reste de l'humanité. Et encore, seulement à ceux qu'ils jugeront utiles de conserver pour leur savoir ou leurs capacités. Les autres, tous les autres, ne sont pour eux que du bétail dont ils useront pour leur plaisir… Pour eux, nous ne sommes que des animaux… des primates évolués.

Elle poursuivit, comme les regards des trois adolescents, hallucinés, ne cessaient de passer du cerveau en conserve au corps de poupée ouvert, et à ce compartiment vide.

— … Voilà ce qui attend l'humanité, à très court terme, si nous les laissons gagner.

Elle acheva, et ses paroles, montant de ce visage impassible aux yeux fixes, résonnaient dans le grand salon avec une force presque effrayante.

— Maintenant, à vous de choisir votre camp. Mais si vous passez dans le leur, sachez que je vous combattrai de toutes mes forces tant que je vivrais.

Même à travers ses lèvres artificielles, on devinait, transcendant les mots et la matière inerte, une volonté farouche et inébranlable.

Ces paroles prononcées, elle reprit le cylindre, le glissa à nouveau dans son logement, l'enclencha. L'instant suivant, la chair synthétique se refermait, se ressoudait si parfaitement que les trois adolescents auraient pu croire qu'ils avaient rêvé la scène précédente.

Il fallut que le docteur Sauvage s'adresse à eux pour qu'ils sortent enfin de leur fascination et détournent les yeux. Kali, qui avait de nouveau rabattu sa chemise, les toisait en retour de son regard indéchiffrable.

— Bien, jeunes gens… Que décidez-vous ?

Sergueï prit la parole en premier :

— Je ne pas savoir ce que je peux faire pour sauver l'humanité, mais je ne pas vouloir retourner là-bas, je savoir ce qui m'y attend… Et si vous pouvez m'aider à comprendre ce qui m'est arrivé et comment me guérir. Je marcher avec vous.

Le docteur hocha la tête et le fixa avec reconnaissance :

— Tu peux faire beaucoup plus que tu ne l'imagines, Sergueï. Quant à te guérir, et comprendre ce qu'il t'est arrivé, oui, nous pouvons te répondre, et nous t'aiderons. Je te le promets.

— Et moi, vous pouvez m'aider ?

C'était Marie, la Française, qui avait parlé, son visage délicat levé vers celui du docteur, ses immenses yeux clairs emplis de détresse et de doute.

— Oui, Marie, toi aussi, nous pouvons t'aider…

— Vous pouvez me débarrasser de ce que je porte en moi ? Cette… chose répugnante qui…

Sauvage leva un bras.

— Débarrasser… Peut-être pas, Marie, mais t'apprendre à la dominer, à la contenir, à l'utiliser à bon escient, cela, oui, nous pouvons le faire.

La jeune fille hocha la tête, mais des larmes brillaient au coin de ses yeux.

Quand enfin le docteur Sauvage se tourna vers Ryan, ce dernier lui rendit son regard avant de répondre :

— Je veux bien vous suivre… à condition que vous sauviez d'abord mon frère.

CHAPITRE 13
Évasion

— C'est impossible ! s'exclama Cornaline Nemo.

— Alors je ne vous suis pas. Débarquez-moi n'importe où. Je m'en vais.

— Je ne suis pas un taxi, gamin ! s'emporta la jeune capitaine en fixant sur Ryan les flammes rousses de son regard.

— Cornaline… commença le docteur Sauvage d'une voix apaisante.

— Non, Docteur ! Nous ne pouvons risquer le *Nautilus* pour…

— Mon frère ! réagit aussitôt Ryan en se levant du canapé.

— Cornaline, ces enfants sont…

— Je me moque de ce qu'ils sont, Docteur ! C'est mon bâtiment, mes hommes. Je ne peux pas tous les mettre en péril pour une seule personne. C'est…

— C'est précisément le but de tout ce que nous faisons ici, Madame, sauver les innocents des horreurs qui hantent les sombres recoins de la Terre.

Tous se tournèrent vers Kali, qui venait de s'exprimer ainsi et les fixait avec ce regard que chacun savait artificiel, mais qui, pourtant, à cet instant, brûlait d'une flamme ardente.

— Ah ! Non, Kali ! Tu ne vas pas t'y mettre aussi ! explosa Cornaline Nemo d'une voix exaspérée.

— Je vous demande pardon, Madame, mais j'ai été, moi aussi, victime des agissements de ces êtres. Je sais ce qui vous attend dans leurs mains. Je ne peux supporter l'idée d'abandonner quelqu'un à leurs desseins abominables.

— Il y a, autour de ce monde, des milliers de personnes qui souffrent actuellement par leur faute. Nous ne pouvons malheureusement pas toutes les aider, objecta Cornaline.

— Mais le frère de Ryan, nous le pouvons, rétorqua immédiatement Kali, ses yeux noirs braqués sur ceux de la capitaine.

Il y eut un long silence. L'air, entre les deux femmes, semblait se solidifier.

Cornaline leva les mains au ciel, poussa un grognement étouffé, puis secoua la tête avant de sourire en fixant la jeune fille.

— Bougre de gamine… tu as raison.

Sans perdre un instant, elle se dirigea vers l'entrée et leur lança, sans se retourner :

— Suivez-moi !

Kali lui emboîta aussitôt le pas. Les autres, hésitants, s'entreregardèrent avant de reporter leur attention sur le docteur Sauvage. Il s'était levé à son tour et leur faisait signe de suivre la capitaine qui sortait déjà de la pièce.

— Allez !

Évasion

Ils traversèrent plusieurs pièces dans lesquelles s'affairaient, autour de mécanismes étranges produisant des lueurs déroutantes, des écrans ou des machines à la fonction obscure, toutes choses qui, en d'autres circonstances, auraient retenu leur attention.

Mais pas cette fois.

Menés au pas de charge par une Cornaline pressée, ils parvinrent devant un large sas frappé du « N » de Nemo et gardé par deux impressionnants scaphandriers en armes qui s'écartèrent pour les laisser passer.

La porte s'ouvrit dans un sifflement en pivotant sur son axe pour dévoiler une salle extraordinaire.

C'était une sorte de demi-sphère, presque entièrement composée de verre, offrant une vue panoramique sur les profondeurs de l'océan. Une passerelle circulaire s'y déployait, au bas de quelques marches, encombrée de pupitres complexes sur lesquels œuvraient des membres de l'équipage.

À l'extérieur, dans la clarté des projecteurs du vaisseau, on devinait, sortant à peine de l'ombre sous-marine, les formes déchiquetées de rochers irréguliers.

— Capitaine sur la passerelle, annonça un des matelots en faction alors qu'elle arrivait au milieu du centre de commande, près d'une roue de gouvernail à l'aspect archaïque agrémentée de mécanisme high-tech, en une étrange fusion, comme si un ingénieur du XIXe siècle avait eu accès aux techniques du XXIe.

Cornaline, à peine arrivée à son poste, ordonna :

— Déployez les drones.

Les trois adolescents, dans la pénombre qui baignait le centre de commandes, n'avaient pas assez d'yeux pour observer tout ce qui les entourait : les fonds marins, l'incroyable verrière, les écrans luminescents, les officiers et matelots penchés sur leurs instruments, Cornaline, dans son uniforme ajusté, dressée au cœur de son royaume tel un chef d'orchestre dirigeant une symphonie des abysses.

Ils perçurent, à travers la structure du vaisseau, une suite de petites secousses. Au-dessus de la verrière, un bruit léger se fit entendre. Tous levèrent les yeux pour voir plusieurs sillages de bulles montant vers la surface.

— Sur écran ! ordonna encore Cornaline.

Jaillie du néant, une image scintilla dans l'air. Devant elle, un écran fractionné en plusieurs fenêtres dont chacune montrait une vue différente.

Ryan en reconnut immédiatement la plupart… C'étaient des vues d'Innsmouth, depuis le ciel… Cela signifiait donc qu'ils n'étaient guère loin de la côte… Pourquoi ? Pourquoi étaient-ils revenus là ? Ou bien n'en étaient-ils jamais partis ?

— Que cherchons-nous, Capitaine ? demanda un officier.

Cornaline tendit une main vers Ryan.

— Lui !

Comme l'adolescent, sur qui se concentrait l'attention des hommes du bord, se ratatinait, elle poursuivit :

— L'ordinateur possède toutes les informations le concernant et son portrait. Entrez-les dans les drones. Ils retrouveront son frère. Ils se ressemblent comme deux gouttes d'eau.

Les techniciens s'affairèrent en silence. Ne montait plus autour d'eux que le bruit des claviers sur lesquels pianotaient des doigts pressés.

Évasion

Sur l'écran, les vues d'Innsmouth défilaient, à mesure que les engins volants se déployaient. L'un d'eux entra dans le champ de vision de son voisin. Les trois adolescents purent ainsi contempler l'étrange machine semblable à un frelon de métal aux curieuses ailes membraneuses et rotatives.

Les rues d'Innsmouth se rapprochèrent, ces rues que Ryan connaissait trop bien… Les découvrir d'en haut ne les rendait pas plus accueillantes.

Il faisait nuit. Il n'y avait personne en ville. Seuls les docks semblaient animés, voire agités…

Les drones se rapprochèrent encore.

Alors qu'ils survolaient un des entrepôts où œuvraient des silhouettes voûtées à l'allure déplaisante, se déplaçant avec cette démarche maladroite et grotesque que Ryan avait appris à bien connaître, une voix s'éleva d'un des pupitres du poste de commandement.

— Capitaine, il y a une activité sonar étrange autour de cette ville.

— Quel genre d'activité ? demanda Cornaline sans quitter son écran des yeux.

— Je ne sais pas, Capitaine, mais ça grouille là-dessous.

— Affichez ! ordonna-t-elle.

Une fenêtre s'ouvrit sur l'écran, suspendu dans l'air devant elle : la représentation tridimensionnelle d'un des sonars du vaisseau sur lequel apparaissaient une multitude de points, plus ou moins gros, qui s'agitaient autour du Rocher du Diable. Aucun des trois adolescents n'était spécialiste, mais il était évident qu'il se préparait quelque chose…

Une alarme retentit :

— Nous l'avons trouvé !

Une des fenêtres des drones s'agrandit pour présenter une image, celle d'une silhouette voûtée, en pardessus sombre, juste avant qu'elle ne disparaisse dans l'entrée d'un des bâtiments, une silhouette qui tourna un instant vers eux le visage tiré d'un adolescent, celui de…

— Jonah ! hurla Ryan. C'est lui ! Il faut aller le chercher ! Envoyez vos hommes !

Cornaline tempéra son ardeur :

— On ne me donne pas d'ordre, gamin, et on ne va pas débarquer sans savoir ce qu'il se passe là-bas. Il y a une agitation anormale. Quelque chose se prépare. Nous devons être prêts lorsque cela arrivera. On ne peut pas se jeter dans…

— Quoi ?! s'exclama Ryan, la tension des dernières heures, la peur, la perte de son frère, explosant d'un coup. Vous avez promis ! Vous avez promis d'aller le chercher ! Vous n'avez pas de parole ! Vous…

Il est des mots qu'on ne devrait jamais prononcer, ceux-là étaient du nombre.

Un silence glacial se fit dans le poste de commandement, alors que Cornaline Nemo abaissait vers lui un regard où couvait le feu d'une fureur maîtrisée à grand-peine.

Le docteur Sauvage posa une main sur l'épaule de Ryan pour lui murmurer, d'une voix apaisante :

— Ryan, nous allons nous occuper de ton frère, mais en temps et en heure, pas dans la précipitation. Cette cité et ses environs grouillent de Profonds et d'hybrides de Profonds. Tu les as rencontrés, tu le sais.

— Mais… commença Ryan, qui contenait lui aussi sa colère.

— Regagne ta cabine et calme-toi un peu. Je te ferai chercher quand nous aurons du nouveau.

Ryan ouvrait déjà la bouche pour protester. Le docteur le coupa.

— Aie confiance.

Ryan inspira plusieurs fois, leva les yeux sur le visage de bronze du géant, ses traits puissants, taillés à la serpe.

Ravalant sa colère et sa frustration, il fit demi-tour et sortit du poste de commandement. Marie et Sergueï, qui étaient demeurés muets, échangèrent un regard. Une chose était sûre, mieux valait ne pas contrarier la capitaine.

Cette dernière, qui s'était retournée, ordonnait déjà :

— Essayez de suivre ce gosse avec un des drones, que les autres se déploient et voient ce qu'il se passe dans cette ville. Je n'aime pas ça.

Pendant quelques minutes, dans le silence feutré du poste de contrôle, des images d'Innsmouth défilèrent sur l'écran : la petite ville fouettée par les embruns de la tempête qui se préparait, les vagues battant la côte de plus en plus fort, le Rocher du Diable, dont une procession de torches, long serpent de feu, s'approchait, depuis la ville.

— L'activité sonar se concentre autour du récif, informa un des techniciens.

— Quelle surprise ! ironisa Cornaline, juste avant qu'une sonnerie d'alarme ne retentisse.

— Que se passe-t-il ? s'enquit la capitaine.

— Une écoutille extérieure a été ouverte sans autorisation, Capitaine, la renseigna un officier.

— Une écoutille extérieure… répéta-t-elle comme si elle n'y croyait pas. Qui…

Elle explosa soudain en comprenant de qui il s'agissait.

— Bon sang de gosse !

— Un écho monte vers la surface, Capitaine. Il est en surface.

— Ryan, murmura le docteur.

— On a un drone là, au-dessus ?

— Oui, Capitaine. Nous en avons conservé un à l'aplomb du *Nautilus*.

— Sur écran !

L'image changea, présentant l'océan déchaîné où des vagues énormes se brisaient en écume sur les rochers affleurant en un bouillonnement colossal et, au milieu de cette fureur liquide… un point minuscule, une tête humaine qui, poussée et tirée, disparaissant parfois sous la surface, progressait vers la côte.

— Alors là, faut avouer que le mec, il en a, murmura Sergueï dans sa langue natale.

— Il va se noyer ! s'exclama Marie, horrifiée.

Les vagues submergeaient une nouvelle fois Ryan.

Le docteur Sauvage, sans quitter l'écran des yeux, répondit, avec une conviction totale et une étrange expression.

— Non, Marie, il ne peut pas se noyer. Il est… dans son élément.

CHAPITRE 14

Notre destinée !

Une vague gigantesque rejeta Ryan sur le rivage dans un bouillonnement d'écume. Groggy, il se redressa dans le sable grossier et leva la tête.

Il se trouvait sur une plage sombre, battue par les flots déchaînés, encaissée entre deux cauchemars de rochers noirs.

Alors que son regard, dans la pénombre grondante, passait d'un roc déchiqueté à l'autre, lui vint la pensée qu'il avait eu de la chance de ne pas être disloqué par la pierre nue.

Il ne gardait que des sensations floues de sa sortie du *Nautilus*. Dans la salle de commandement, il se souvenait de la colère qui l'avait pris lorsque le capitaine, comment s'appelait-elle déjà ? Ah oui ! Cornaline, lui avait dit qu'ils n'iraient pas sauver Jonah, du moins pas tout de suite… La colère ne l'avait pas quitté quand il s'était dirigé vers sa cabine. Elle avait guidé son geste lorsqu'il était passé devant une porte marquée *sas extérieur*.

Profitant qu'il était seul dans le couloir, il avait activé la commande, était entré dans le sas, en avait refermé l'accès et avait appuyé sur le bouton d'ouverture.

Une sonnerie avait retenti. Un des matelots s'était précipité contre la porte, avait tambouriné à la vitre blindée, mais il était déjà trop tard. L'eau s'engouffrait dans le compartiment, montait autour de ses jambes.

Ryan avait ressenti une angoisse profonde quand le liquide glacial l'avait happé, lui envoyant dans le corps mille épines de givre, à un point tel qu'il avait cru que son cœur allait s'arrêter de battre. L'eau avait atteint sa bouche.

Il avait pris une grande inspiration.

Un instant il s'était demandé s'il n'avait pas commis une terrible erreur. N'allait-il pas se noyer avant d'arriver à la surface ?

Le sas s'était ouvert, il avait été éjecté dans l'obscurité saisissante où le haut et le bas n'existaient plus.

Une fois encore, seul, minuscule, dans cette nuit sous-marine, il avait craint de mourir noyé s'il ne parvenait pas à trouver la surface. Mais, se laissant guider par son instinct, il avait commencé à nager, lui qui avait toujours été doué pour la natation et battait tous les autres gosses de son âge, ou même plus vieux… à part Jonah.

La montée lui avait paru interminable. Plusieurs fois, alors qu'il brassait dans les ténèbres liquides, il crut s'être trompé, avait attendu le moment où il suffoquerait.

Ce moment n'était pas venu. Il y avait bien eu quelques secondes où il avait cru que ses poumons allaient éclater, mais ce devait être l'angoisse. Sa remontée avait certainement duré moins longtemps qu'il ne le pensait.

Notre destinée !

L'oppression s'était dissipée et sa tête avait crevé la surface avant même qu'il ne commence à manquer d'oxygène.

Après, tout n'avait été qu'un combat contre les vagues. Elles étaient gigantesques, aussi hautes que des montagnes. Mais il avait gardé son calme. Le plus souvent, il avait replongé sous les flots pour glisser dans le courant, en l'utilisant à son avantage pour éviter les rochers et s'échouer sur ce sable noir.

Il pouvait être fier de lui.

Maintenant, il fallait retrouver Jonah et l'aider à s'enfuir. Il n'avait pas réfléchi à la façon dont il s'y prendrait, mais il se disait que, s'ils revenaient tous les deux sur cette plage, le capitaine et le docteur enverraient une équipe ou un engin pour les récupérer... Il suffisait juste qu'il ramène Jonah ici. Les drones surveillaient les environs, ils le verraient entrer dans les bâtiments.

Entrer dans les bâtiments... encore fallait-il y parvenir !

Sans perdre de temps, il se mit en marche, s'éloignant du rivage où se brisaient les lames grondantes. Il dirigea ses pas vers le sud où il devinait d'ici les lumières d'Innsmouth.

S'il en croyait les images qu'il avait vues dans le centre de contrôle, Jonah se trouvait dans un des entrepôts portuaires. Ce serait plus facile. Il n'aurait pas à entrer dans le centre-ville, au risque d'être découvert par un des habitants ou, pire encore, par une des créatures qui les avaient poursuivis, Jonah et lui.

Ses craintes étaient sans fondement... La ville et ses environs étaient déserts, comme si tous les habitants s'en étaient allés. Ryan, alors qu'il se glissait, furtif, entre les hauts entrepôts délabrés et sinistres qui s'élevaient dans la nuit, savait déjà où ils se trouvaient.

Parvenu près du bâtiment où les drones avaient découvert Jonah, il commença à rencontrer un peu d'activité.

Les grandes portes de bois étaient ouvertes. Des silhouettes s'affairaient, saisissant des objets emmaillotés pour les charger sur leurs épaules et partir en direction du port, de l'isthme et, devina Ryan, de la chaussée qui conduisait au Rocher du Diable.

Que pouvaient-ils transporter ainsi, dans ces longues toiles allongées ? Ryan l'ignorait et, pour l'instant, s'en moquait. Seul comptait Jonah.

Il se dissimula dans l'ombre d'un vieux camion stationné à proximité. Profitant de ce que l'entrée était déserte, il se faufila dans le hangar.

Il s'engouffrait à l'intérieur quand il faillit percuter un des dockers et son mystérieux fardeau. L'homme, son large visage aux grands yeux ronds, au nez presque inexistant, à la peau huileuse, lui lança un regard courroucé. Ryan crut que tout se finirait là. Il s'apprêtait déjà à détaler lorsqu'il eut la surprise d'entendre, s'échappant de cette bouche sans lèvres de batracien :

— Oh pardon Monsieur Marsh ! Je vous avais pas vu.

Les mots étaient à peine compréhensibles, tant la voix ressemblait plus à un coassement qu'à une parole humaine.

Ryan en demeura sidéré, et plus encore quand l'homme s'écarta pour lui laisser le passage. Qu'est-ce que cela signifiait ? Il ne comprenait pas… et ne s'attarda pas à réfléchir. Le porteur avait dû le prendre pour un autre. Après tout, ils avaient de la famille à Innsmouth. Un coup de chance comme ça ne se reproduirait pas.

Devant lui, le grand hangar s'étendait dans la pénombre, encombré de caisses mystérieuses estampillées de noms en caractères latins, cyrilliques, hindous, chinois, japonais ou que savait-il d'autre ? Pour un petit port perdu comme celui-ci, c'était étonnant de voir transiter autant de marchandises venues des quatre coins du monde.

Mais où pouvait se trouver Jonah ?

Son regard courut le long des murs, repéra, sur la droite, un escalier métallique… Là-haut ! une plate-forme où s'accrochait un bureau vitré. Dedans, l'ombre d'une silhouette, qui ressemblait à s'y méprendre à… Jonah !

Sans réfléchir davantage, il s'élança. Au bas des marches, il attendit, caché entre deux caisses, qu'un des hommes chargé de son mystérieux fardeau soit passé devant lui et s'éloigne vers l'entrée pour gravir quatre à quatre les degrés métalliques.

Arrivé au sommet, il s'approcha d'un pas circonspect de la porte ouverte du bureau vitré suspendu au-dessus de la salle, prêt à détaler si…

Deux pas encore : la silhouette qui se tenait à l'intérieur, debout derrière un carreau, se précisa… C'était… Jonathan !

Son soulagement était si grand que Ryan ne s'étonna même pas de trouver son frère là, libre, du moins en apparence.

— Jonah ! s'exclama-t-il en entrant dans la pièce.

Celui à qui il s'adressait se retourna. Ryan découvrit le visage de Jonah, qui arborait une expression de surprise.

— Ryan ? Mais comment…

Ryan, submergé par l'émotion, se précipita vers son frère et le prit dans ses bras. Il ne put retenir quelques larmes alors que Jonah, d'abord hésitant, finissait par lui rendre son étreinte.

— Si tu savais comme je suis content de te retrouver ! J'ai cru… J'ai eu peur que…

— Tout va bien, Ryan. Tout va bien, puisque tu es là maintenant.

Il y avait une étrange intonation dans la voix de Jonah, qui poursuivit aussitôt :

— Mais où étais-tu ? Cela fait quatre jours que tu as disparu.

Quatre jours ? Comment cela était-il possible ? songea Ryan. À moins… À moins que ce que lui avait fait Kali ne l'ait plongé dans le sommeil pendant tout ce temps-là ? Après tout, qu'en savait-il ? Il fallait qu'il en parle avec le docteur à leur retour.

Peu importait pour l'instant. Ryan, trop heureux de confier à son frère ce qui s'était passé et ce qu'il avait vécu les heures précédentes, lui raconta son réveil dans le sous-marin et les événements qui avaient suivi.

À mesure qu'il avançait dans son récit, l'expression de Jonah se modifia. Ses yeux prirent un éclat plus aigu. Plusieurs fois, il lui posa des questions précises. Certaines concernaient le *Nautilus* et son équipage, et Ryan était bien incapable d'y répondre.

Lorsqu'il eut fini, il saisit Jonah par le bras et s'exclama :

— Il faut que nous les rejoignions ! Que nous partions d'ici, tout de suite ! Je suis sûr qu'ils viendront nous chercher.

Notre destinée !

— Tu sais où ils sont en ce moment ? demanda Jonah avec un étrange regard que Ryan ne lui connaissait pas.

— Non, répondit-il aussitôt en toute sincérité. Mais ils nous trouveront, ils ont des…

— Tu es bien sûr que tu ne sais pas ?

Jonah avait attrapé son bras et le serrait, fort.

— Oui.

Ryan grimaça.

— Lâche-moi, tu me fais mal ! Qu'est-ce qu'il t'arrive ? Il faut que nous partions, tout de suite.

À son grand étonnement, Jonah secoua la tête, un sourire inquiétant sur les lèvres.

— Non, Ryan, je ne vais pas venir, c'est toi qui vas rester.

— Quoi ?

Ryan n'en croyait pas ses oreilles.

— Je ne pars pas, Ryan. Je suis à ma place ici, à ma vraie place, parmi les miens… parmi les nôtres.

Ryan, éberlué, s'écarta pour fixer Jonathan d'un regard incrédule.

— Tu dis n'importe quoi. On t'a lavé le cerveau, on…

— On m'a amené au Rocher du Diable, Ryan, on m'a révélé ma vraie nature, notre vraie nature, et nos pouvoirs. Et j'ai vu… Oui j'ai vu nos frères des profondeurs, ces êtres magnifiques. Je suis allé avec eux dans leur cité sous-marine… Oh ! Si tu les voyais, Ryan…

Ryan, atterré, découvrait maintenant ce qui avait changé en Jonathan : ce visage un rien plus plat, ces yeux plus globuleux, plus ronds, cette bouche plus large, cette peau qui luisait de ce qu'il avait d'abord pris pour de la sueur, mais qui n'en était pas.

— Comment… Comment… murmura-t-il.

Jonathan écarta son col pour dévoiler d'étranges excroissances… des excroissances qui ne pouvaient être rien d'autre que… des branchies !

— Ils t'ont fait quelque chose. Ils t'ont…

Jonathan éclata de rire.

— Tu m'as dit que tu ne savais pas comment tu ne t'étais pas noyé en venant ici… Que tu avais eu de la chance…

Il sourit, un large, très large, trop large sourire.

— Touche ton cou.

Ryan, soudain glacé, obéit lentement. Ses mains se levèrent, plus haut, plus haut, jusqu'à sa gorge… où ses doigts tremblants rencontrèrent, sur la peau sensible, des excroissances qui n'étaient pas là quelques heures plus tôt… les mêmes que celles de Jonathan, ces branchies qui lui avaient permis de survivre dans les vagues lorsqu'il aurait dû se noyer… Son atavisme s'était réveillé.

Jonathan, le regard hanté, continuait déjà :

— Je l'ai vu, Ryan ! J'ai vu le grand Dagon lui-même. C'était…

Ses yeux luisaient d'une flamme démente, fanatique…

— Et un jour… affirma-t-il. Je rencontrerai le grand Cthulhu en personne, quand R'lyeh ressurgira des flots… Bientôt… quand les étoiles seront alignées.

Il poursuivit d'une voix plus forte, habité d'une ferveur quasi religieuse.

— Partout, nos frères infiltrés parmi les humains œuvrent au retour du Maître. Sous les flots, nos frères des profondeurs et ceux qui les ont rejoints se tiennent prêts à frapper. L'heure est proche, Ryan, où nous serons à nouveau les seigneurs de ce monde.

Notre destinée !

Il tendit vers lui une main entre les doigts de laquelle luisait une membrane translucide.

— Rejoins-nous, et retrouve ta vraie place.

Ryan, des larmes dans les yeux, secoua la tête, recula pas à pas.

— Jamais, murmura-t-il, partagé entre horreur et tristesse, avant de répéter, plus fort, avec une conviction farouche : Jamais.

Un nouveau sourire étira les lèvres fines de Jonathan. Il lança un regard derrière Ryan, hocha la tête.

Ce dernier, devinant une présence dans son dos, amorça le geste de se retourner. La douleur explosa dans son crâne. Le noir se referma sur lui.

Avant que l'obscurité ne l'avale, il eut le temps d'entrevoir, de l'autre côté d'une des vitres de la pièce, la forme étrange d'un frelon de métal dont les yeux multiples se braquaient sur lui… Ce fut la dernière image qu'il emporta dans les ténèbres, avec la voix de Jonathan.

— Tu seras des nôtres, Ryan… Tu seras des nôtres… bientôt.

CHAPITRE 15

Le Rocher du Diable

Ce fut un vent froid et humide qui le réveilla.

Il ouvrit les yeux pour se rendre compte qu'il était immobilisé. Ses mains, dans son dos, étaient liées. En montait une sourde douleur.

Son crâne le lançait. Il sentait, dans son cuir chevelu, pousser une belle bosse. Chacun de ses réveils devait-il se traduire par un nouveau coup sur la tête ?

Il tenta de remuer ses poignets… Rien à faire, ils étaient bien ficelés.

Il se tortilla pour essayer de savoir à quoi on l'avait attaché. Il découvrit, dressé derrière lui, une sorte de totem de pierre sculpté à l'effigie d'une créature monstrueuse.

La facture en était grossière, primitive, mais elle n'en conservait pas moins un pouvoir de suggestion effroyable, tant la vie malveillante qui couvait dans les yeux de poisson de la créature de pierre semblait réelle… Pour un peu, il aurait cru que la large bouche garnie de dents triangulaires allait se refermer sur lui.

Où se trouvait-il ?

Il porta son regard alentour. D'autres pierres de même facture, mais de taille plus modeste, étaient érigées. Des brutes en pardessus achevaient d'attacher d'autres silhouettes, des silhouettes humaines qu'elles sortaient de longs emballages… ceux qu'il avait vu transporter depuis l'entrepôt !

Ce que contenaient ces ballots de toile, c'étaient donc des humains ! Drogués, sûrement, mais qui se réveillaient maintenant, car Ryan entendait leurs plaintes, leurs voix hésitantes, qui interrogeaient, criaient ou appelaient à l'aide… en vain.

Quant au lieu…

Ce fut sans surprise, mais avec un terrible frisson, qu'il balaya du regard le paysage de rocs nus et déchiquetés qui s'étendait devant lui jusqu'à l'océan démonté. Les vagues énormes se brisaient dans un grondement assourdissant à moins d'une centaine de mètres de lui.

Entre l'océan et lui, sur les rochers luisants et trempés, une foule d'hommes et de femmes brandissant des torches dont la lueur se reflétait dans des centaines d'yeux ronds et globuleux. Sur chaque visage, il devinait, à des degrés divers, le même atavisme, ce masque qui trahissait leur origine, les monstrueux compromis que leurs ancêtres avaient concédés, et leurs yeux noirs… comme ceux des requins.

Une mélopée s'élevait de leurs rangs. Elle se mêlait au grondement des vagues, alors que la foule se balançait lentement, en un rythme répugnant et hypnotique. Une mélopée dont Ryan ne parvenait pas, malgré tous ses efforts, à saisir les mots, mais qui résonnait en lui, jusque dans ses os, et éveillait dans ses entrailles une sourde réponse.

Encore plus près, debout devant tous les autres, à deux mètres de lui à peine, dans une curieuse robe verte brodée de symboles étranges, se tenait Jonathan, un Jonathan métamorphosé qui, le regard halluciné, le fixait avec une expression extatique.

— Laisse-toi aller, petit frère ! l'exhorta-t-il, hurlant pour se faire entendre par-dessus les rugissements du vent, le grondement des vagues et le chant des fidèles monstrueux. Laisse-toi aller à notre vraie nature. Réponds au chant de nos ancêtres, à ce que nous sommes au plus profond de nous. Nous sommes plus vieux que les humains, plus vieux que leur pauvre monde. C'est nous, pas eux, les seigneurs de cette planète, et notre règne vient…

Une étincelle s'alluma dans son regard, le rendant plus inquiétant encore.

— Les voilà ! Ils sont là… nos frères des vagues.

Ryan, du fond d'un cauchemar, devina, sortant de l'écume qui bouillonnait sur les rochers pour ramper sur la pierre, un abominable grouillement : les formes luisantes et hybrides des monstres qui les avaient poursuivis, Jonah et lui, ceux que le Doc Sauvage avait appelés… les Profonds.

Et, alors même qu'ils approchaient, de leur pas maladroit, celui de créatures marines tirées de leur milieu pour se déplacer sur la terre ferme, le chant monta un peu plus.

Cette fois, comme il résonnait au plus profond de son être, Ryan y trouva un écho, éveillant en lui de noires pulsions. Les mots de cette langue archaïque s'imposaient à lui avec une terrible clarté :

— *Ph'nglui mglaw'nafh Cthulhu R'lyeh wgah'nagl fhtagn.*

Ces mots montaient en lui. Jonathan, transfiguré, son visage à présent si semblable à ceux des autres habitants d'Innsmouth qui se balançaient derrière lui en une vague répugnante, les bras levés, exultait…

— Viens, petit frère ! Viens ! Notre Maître t'attend ! Dagon vient ce soir… Il vient pour toi !

Des cris affreux de terreur, d'horreur, puis de douleur, s'élevèrent autour d'eux.

Dans une sorte de brume, Ryan se rendit compte que les Profonds s'étaient jetés sur les poteaux qui les entouraient. Ce qu'ils faisaient à ceux qui y étaient attachés…

Il préféra détourner les yeux et ne pas le voir… mais ne put s'empêcher de l'entendre.

Mais personne ne s'en prit à lui… Lui était promis à un autre sort.

— Il arrive ! Il arrive ! hurlait Jonathan, un éclat dément dans le regard, sur ses traits méconnaissables.

Et là-bas, au-delà des rochers, se frayant un passage parmi toutes les autres, une vague plus grosse, plus énorme que ses sœurs, une bosse à la surface de l'océan, comme celle qu'aurait pu soulever une masse gigantesque, se dirigeait droit dans leur direction…

CHAPITRE 16

Alea jacta est

Dans le poste de commandement du *Nautilus*, la tension était à son comble. Tous avaient suivi, par l'entremise des drones, le périple de Ryan.

Alors que ce dernier luttait avec les vagues, Sergueï, incrédule, avait interrogé, avec son accent russe :

— Mais comment il fait ? Je connaître personne nager aussi bien. On dirait un vrai poisson. Il devrait être noyé depuis longtemps. On dirait que lui respirer sous l'eau.

— C'est bien le cas, avait seulement répondu le docteur qui se tenait juste derrière Cornaline Nemo, en retrait, mais la dominait de sa taille et de sa masse impressionnante.

Ils avaient regardé Ryan atteindre les faubourgs de la ville, puis les entrepôts. Avaient retenu leur souffle lorsqu'il s'était approché de l'entrée d'un des bâtiments. Marie n'avait pu retenir un « oh ! merde ! » très français quand il était tombé nez à nez avec le docker et avait partagé l'étonnement de tous lorsque le type à visage de poisson l'avait laissé passer.

Alors que, sous l'oculaire du drone posté près du plafond du hangar, ils voyaient Ryan grimper les escaliers, le docteur avait grommelé.

— Ce n'est pas normal…

Son inquiétude, presque palpable, s'était communiquée aux autres. Elle n'avait fait que croître quand Ryan était entré dans le bureau.

— Rapprochez-moi ce drone de cette pièce. Je veux voir et entendre ce qui se passe là-dedans.

— Il risque d'être découvert. Nous perdrons un œil, avait objecté Cornaline.

— Je prends le risque.

La capitaine avait transmis l'ordre. La vue s'était rapprochée grâce au drone qui quittait sa cachette pour se positionner derrière la vitre du bureau, leur permettant d'assister, aux premières loges, aux retrouvailles de Ryan et de son frère.

Les paroles leur parvenaient de manière étouffée. Cornaline avait exigé un filtrage plus précis et une amplification. Les voix des deux frères s'étaient élevées autour d'eux, dans le silence feutré du poste de commande. Ils avaient pu suivre l'échange et le drame, lorsque Jonathan avait révélé son allégeance aux Grands Anciens.

— Non… non… non… avait marmonné le géant de bronze, qui avait compris ce qui se tramait depuis quelques minutes.

— *Podonok*[1] ! s'était exclamé Sergueï, qui n'avait pu se retenir.

Ils avaient assisté, impuissants, à ce qui avait suivi, quand un des dockers aux yeux ronds et globuleux, aux

1. Raclure, pourri, vendu (en russe).

traits répugnants, avait assommé Ryan d'un coup de matraque, quelques secondes avant que Jonathan ne se tourne vers la vitre et se trouve nez à nez avec le drone.

— Dégagez ! avait crié Cornaline.

Mais il était déjà trop tard… Le drone pivotait à peine que l'image disparaissait alors que résonnait dans les capteurs une détonation sonore. On l'avait abattu.

— Il faut le suivre ! avait ordonné le docteur. Que tous les drones le recherchent !

— Mais, Docteur… avait commencé Cornaline.

— Tous les drones ! avait répété le docteur d'une voix sans appel.

Il leur avait fallu plus d'une demi-heure, où les yeux des uns et des autres avaient surveillé les écrans dans l'espoir de trouver une trace du garçon. Mais les séides des Anciens, maintenant sur le qui-vive, étaient prudents. Trois des drones avaient été détruits.

Tous finissaient par désespérer. Cornaline, au milieu du semi-globe, faisait les cent pas, comme un fauve en cage, sous le regard soucieux du docteur, lorsque, d'un des postes, une voix s'éleva :

— Nous l'avons trouvé !

— Sur écran ! ordonna aussitôt Cornaline, juste avant qu'une image rendue floue par la pluie et les embruns ne s'affiche devant elle : un récif battu par les vagues déchaînées, où se rassemblaient pourtant une foule humaine, mais aussi des créatures qui n'avaient d'humain qu'une vague forme, et qui sortaient des flots en un grouillement répugnant.

Au milieu du récif se dressait un inquiétant totem de pierre.

— Là !

Cornaline tendait le bras vers l'image.

— Faites un zoom.

L'opérateur obéit. La vue se rapprocha, se précisa, pour montrer le visage tourmenté de Ryan attaché à son calvaire.

— Il faut le sortir de là. Tout de suite ! ordonna Sauvage, dont la voix fut aussitôt secondée par les approbations de Marie et de Sergueï.

— Vous savez ce que cela signifie ? demanda la capitaine, une expression grave sur ses traits hâlés. Le *Nautilus* deviendra visible et…

— Je sais !

L'expression de Sauvage était déterminée.

— Je prends le risque. Il est temps de nous frotter à nos adversaires. Auriez-vous peur, Capitaine ?

La jeune femme demeura un instant muette, fixant le géant avec un regard de défi.

— Non, répondit-elle enfin. Mais vaut-il la peine de mettre en danger tout mon équipage et les occupants de ce vaisseau ?

— Oui, trancha Sauvage en la poinçonnant de ses yeux pâles.

La tension, entre les deux, était palpable. Marie et Sergueï retenaient leur souffle… quand la jeune Française, dont le regard n'avait pas quitté l'écran, s'exclama :

— Non… Non, c'est affreux, c'est…

Sauvage releva la tête pour découvrir le monstrueux festin des hybrides qui se repaissaient des malheureux qu'on leur avait donnés en sacrifice.

Il s'était placé entre ses deux protégés et l'écran pour leur épargner cette vision abominable.

Alea jacta est

La capitaine poussa un grognement de dégoût et de rage. Elle se tourna et ordonna d'une voix forte et claire :

— Commandos catafractaires, aux limules ! Pilotes de mantas à vos appareils ! Artilleurs, tous les postes prêts et opérationnels.

Aussitôt les lumières du centre de commandement passèrent au rouge. Une sirène retentit dans tout le sous-marin.

Un officier, à leur gauche, lança un cri d'alarme :

— Capitaine ! Capitaine !

Cornaline se tourna vers lui.

— Quelque chose approche, Capitaine. Quelque chose… d'énorme.

— Sur écran ! ordonna une fois encore Cornaline.

L'image tridimensionnelle d'un sonar remplaça celle de l'île. Même un néophyte pouvait deviner la forme du *Nautilus*, celles des multiples créatures circulant sous les flots alentour, les contours du récif et… une forme colossale qui approchait à grande vitesse, et devant laquelle refluaient toutes les autres. Une forme en partie humaine.

Sauvage soupira, mais son regard n'avait rien perdu de son acuité. Ce n'était pas la peur qui marquait ses traits de statue grecque, mais une détermination sans faille.

— Ça a commencé.

— Je peux l'aider…

Comme cette voix claire, celle d'une toute jeune fille, s'élevait derrière lui, Sauvage se retourna pour découvrir la silhouette menue de Marie et son visage d'ange blond levé vers lui… Marie qui répéta, avec une étrange intonation :

— Je peux l'aider.

Sauvage ouvrit la bouche pour prononcer une objection, regarda la petite Française, parut peser le pour et le contre d'une lourde décision… et hocha la tête.

— Vas-y. Ramène-le.

Il se tourna vers Kali, qui était jusqu'alors demeurée silencieuse.

— Kali, accompagne-la.

La jeune hindoue, sans un mot, entraîna Marie hors de la salle. La porte s'ouvrit devant elles et se referma, les soustrayant à leur vue.

— Pourquoi l'avoir laissée partir ?

Sauvage, les yeux à nouveau fixés sur l'écran, répondit à Cornaline :

— Si elle est ce que je crois, elle le ramènera.

— Et dans le cas contraire ?

— Dans le cas contraire, Dieu ait pitié de nous.

— Et moi ? demanda Sergueï, qui avait regardé partir les deux jeunes filles avec une expression de détresse.

— Toi, tu restes ici, répondit aussitôt Sauvage. Nous aurons certainement besoin de toi.

L'attention de Sauvage revint sur l'écran du sonar, où la forme gigantesque était presque parvenue à l'île.

Son visage puissant et bronzé, sculpté en ombres et en saillies par la lumière rouge de l'éclairage d'alerte, était celui d'un demi-dieu antique.

— *Alea jacta est.*

CHAPITRE 17
Dagon

Sur le récif, alors que se déchaînait la tempête, le drame était consommé.

Plus un cri d'horreur, de détresse ou de souffrance ne s'élevait. Les Profonds avaient achevé de se repaître des malheureux qu'on leur avait jetés en pâture. À présent, immondes caricatures d'humains repus et souillés d'écarlate, ils se tenaient debout face à l'océan. Les bras levés, comme les habitants d'Innsmouth, ils joignaient leurs voix au chant qui se mêlait aux mugissements démentiels de la tourmente, les renforçant de ses horribles arpèges.

Et, comme en réponse, face à l'île, la chose gigantesque qui progressait sous les flots, fendant la mer en furie droit dans leur direction, ne cessait de se rapprocher.

Le chant, ainsi augmenté de ces nouvelles gorges non humaines, montait encore en puissance. Ryan, luttant de toutes ses forces, sentait dans son corps une vibration… Même ses lèvres, à présent, remuaient toutes seules pour répéter elles aussi les syllabes de cet hymne primal, barbare, que des créatures inconcevables avaient poussé aux étoiles aux premiers temps du monde.

Et il était bien près de s'abandonner, de se laisser aller lui aussi, de joindre sa voix à ce chœur infernal, quand…

Sur les rochers, là-bas, où se brisaient les vagues en écume violente, quelque chose attira soudain son regard enfiévré… une forme jaillie des flots, une forme massive, cuirassée.

Luttant contre lui-même, il plissa les yeux.

Oui, il y avait bien… une chose qui ressemblait à l'un de ces crustacés semblables à des fers à cheval, qui s'échouaient parfois par centaines sur les plages de l'Atlantique… les limules. Mais un limule de la taille d'un petit camion, tout de métal riveté. Un limule qui, à peine immobilisé, s'ouvrit en deux pour libérer une troupe d'hommes en scaphandres étranges, aux casques pareils à des crânes de créatures marines, aux hublots verts luminescents.

Les Profonds les plus proches se ruèrent à leur rencontre, de leur course sautillante rappelant des bonds de crapauds.

Les scaphandriers levèrent de longues armes au canon compliqué qui crachèrent sur les immondes créatures des décharges électriques à la nuance bleutée.

À peine le contingent avait-il débarqué du premier limule et prenait position sur l'île qu'un deuxième submersible, puis un troisième, et dix autres encore, venaient s'échouer et s'ancrer sur le roc pour vomir leurs escouades de soldats subaquatiques.

Les éclairs crépitaient partout. Les limules eux-mêmes, équipés d'un curieux aiguillon recourbé d'où jaillissaient les mêmes arcs aveuglants, plus puissants, cinglaient la foule des monstres et des cultistes de leurs langues électriques.

Ryan, du fond de sa détresse et de sa confusion, retrouvant un peu d'espoir, éclata d'un étrange rire… Un rire qui mourut dans sa gorge lorsque son regard se porta sur l'océan démonté.

La vague gigantesque arrivait.

Ryan, horrifié, devina une forme colossale, grotesque, monstrueuse, s'extirpant des flots dans un geyser d'eau et d'écume… Vivant blasphème de chair, à mi-chemin de l'homme, du requin, du batracien et de quelque chose de plus hideux encore, elle prit appui sur ses bras écailleux. Ses énormes mains palmées et griffues agrippèrent les rochers. Elle se dressa hors du ressac.

Alors que des rangs de ses adeptes montaient les deux syllabes « Dagon », la créature ouvrit sa gueule garnie de milliers de dents luisantes, aussi longues que des poignards, pour pousser un cri plus ample encore que celui d'une baleine… une baleine démoniaque.

Et Ryan, qu'environnait ce son effroyable qui résonnait jusque dans la pierre, et de la pierre jusque dans ses os, comprit dans un éclat de lucidité que, s'il répondait à ce cri, à ce chant issu des premiers âges de la Terre, il deviendrait comme son frère, comme les autres, et ne pourrait plus jamais revenir en arrière.

Mais ses lèvres remuaient toutes seules, portées par ce chant démoniaque qui trouvait un écho dans chacune de ses cellules. Il devait lutter de toutes ses forces pour ne pas…

Le cri monta encore, plus puissant, plus grave. Ryan sut qu'il allait perdre la partie, et se perdre lui-même, au moment où sa bouche s'ouvrit en grand pour joindre sa voix et son être à ce hurlement abominable… Une main se posa sur ses lèvres, un corps chaud et menu se colla au sien… Une jeune fille blonde aux cheveux alourdis de pluie levait vers lui un visage d'ange et des yeux immenses, aussi clairs, aussi purs que le ciel… Celle qui se trouvait dans le *Nautilus*, la Française… Marie.

Elle demeura là, un instant, sans bouger, opposant, à la puissance primale du monstre, la douceur, la chaleur de sa présence si humaine… et brisa le charme.

Son regard limpide était une lumière dans les ténèbres, un phare dans la nuit auquel Ryan se raccrocha, plongeant dans un autre océan, celui de son âme, un refuge où le monstre et son cri ne pouvaient plus l'atteindre.

Alors même qu'elle le fixait, qu'elle lui offrait, sans frein, sans retenue, le réconfort et l'abri de son âme, de tout son être, Ryan sentit, dans son dos, un tiraillement.

S'arrachant à regret au regard de Marie, il se tourna un peu pour découvrir Kali qui tranchait ses liens.

À peine avait-elle terminé qu'elle levait le fusil qu'elle portait en bandoulière, un de ces longs fusils étranges que brandissaient les scaphandriers, pour projeter une salve d'éclairs sur un Profond qui se ruait sur elle.

Le monstre écailleux se dressa dans la lueur bleutée avant de s'effondrer en tas fumant. Mais d'autres s'approchaient déjà, en bonds répugnants.

— Si ça vous dérange pas, j'aimerais autant qu'on ne traîne pas ici, grogna Kali qui, à une vitesse surhumaine, déchargeait son arme sur les monstres qui convergeaient vers eux.

Ryan porta son regard vers le lieu où il avait vu Jonathan pour la dernière fois, mais ne le vit pas. Son frère s'était éclipsé ou fondu dans la masse des cultistes gesticulants.

Ryan ne savait pas s'il devait le déplorer ou s'en réjouir.

Mais les Profonds, comme aimantés, accouraient vers eux. Kali avait bien du mal à les retenir tous. Les éclairs de son arme avaient beau les foudroyer les uns après les autres, ils étaient trop nombreux.

L'un d'eux parvint à passer les décharges et se jeta sur elle, sa large mâchoire grande ouverte sur un enfer de dents étincelantes… qui volèrent en éclats quand Kali l'intercepta d'un coup de crosse ravageur.

La jeune fille aux cheveux noirs déchaînait les capacités de son corps artificiel. Elle semait la destruction autour d'elle et n'avait jamais, plus qu'à cet instant, mérité son prénom[1]. Elle en devenait terrifiante, ange de la mort se livrant à une danse meurtrière au milieu du ballet d'éclairs déclenché par son arme.

Les Profonds s'abattaient autour d'elle, foudroyés ou brisés par sa force surhumaine.

Là-bas, derrière, la monstrueuse créature qui avait surgi des flots fauchait, de ses énormes mains palmées, les rangs des scaphandriers, les saisissant, les fracassant contre le rocher, les écrasant ou les portant à sa bouche pour les mâcher et les avaler. Les éclairs lâchés sur elle par les fusils électriques ou les canons des limules ne faisaient qu'attiser sa fureur.

---

1. Kali est, dans la mythologie hindouiste, la déesse de la destruction et du temps.

Il fallut que Marie tire Ryan par le bras pour l'arracher à ce spectacle dantesque.

— Viens ! lui lança-t-elle, criant pour se faire entendre par-dessus les hurlements de la tempête, le grondement des vagues, les grognements des hommes et des Profonds et les vociférations formidables de Dagon.

Sa voix claire, tellement déplacée dans ce concert effroyable de mort et de violence, agit sur Ryan comme une douche froide et le ramena à la réalité.

Il cessa de résister et la suivit alors qu'elle l'entraînait vers le limule le plus proche dont la carapace s'ouvrait à moins de cent mètres d'eux.

Kali recula avec eux, couvrant leur retraite, abattant les Profonds à un rythme infernal.

Ils avaient parcouru la moitié de la distance, et Ryan les croyait tirés d'affaire, lorsqu'un Profond, jailli de la nuit en fureur, se jeta sur Marie.

Ryan ouvrit la bouche pour hurler, comme l'ombre monstrueuse de la créature recouvrait la jeune fille. Il était sûr de la voir éviscérée par les griffes redoutables de l'humanoïde écailleux... Mais il se passa alors quelque chose... Quelque chose de terrible et d'extraordinaire à la fois.

Les griffes du monstre lacérèrent le buste de la jeune fille. Le sang jaillit. Mais, au lieu de s'effondrer, elle se tourna vers son agresseur, tendit un bras qui, sous les yeux de Ryan, s'étendit soudain, se transforma, pour devenir quelque chose de plus noir, de plus massif, qui s'enroula autour de la créature, la souleva et la lança contre les rochers avec une telle force qu'elle s'y fracassa.

Mais d'autres monstres accouraient déjà. Marie, son bras redevenu humain, lui criait :

Dagon

— Cours !

Il aurait voulu protester alors que, de partout, bondissaient vers eux les formes grotesques et meurtrières des Profonds, lui dire qu'il ne l'abandonnait pas, mais un rien, dans l'expression et le regard de la jeune fille, l'en dissuada. Il se retourna et crut, mais peut-être était-ce une vision de son esprit malmené ? voir son visage, ses traits d'ange, devenir de plus en plus sombres et luisants comme de l'onyx.

En toutes autres circonstances il s'en serait inquiété, aurait tenté de comprendre, voire, aurait été choqué, bouleversé… mais pas cette nuit…

Il reprit sa course vers le limule.

Il avait parcouru vingt mètres. Les grondements, les sifflements et les hurlements atteignaient un effroyable crescendo. Il faisait mine de se retourner quand il entendit la voix de Kali, juste derrière lui.

Il le fit pourtant.

Ce qu'il vit était indescriptible : là-bas, dominant l'enfer où se débattaient pêle-mêle, en une danse meurtrière, cultistes, scaphandriers et Profonds, la monstrueuse créature marine nommée Dagon se frayait un chemin vers eux. Sur son passage, elle écrasait indifféremment les uns et les autres de ses mains énormes, les fauchait pour les engouffrer dans sa gueule gigantesque où ils disparaissaient en hurlant.

Les éclairs l'environnaient. Les soldats en scaphandre du *Nautilus* l'arrosaient du tir de leurs armes… en vain.

Les Profonds, en une masse grouillante et écailleuse, se ruaient vers eux. Il chercha Marie du regard, ne la trouva nulle part. Où était-elle ?

Il l'oublia presque lorsqu'il découvrit, entre eux et la foule gesticulante des hommes-poissons, une masse noire et protoplasmique en révolution, luisante, iridescente, dotée d'yeux, de bouches, grands ou petits, d'où jaillissaient des tentacules, des membres délirants qui écrasaient, fauchaient, concassaient, tronçonnaient leurs abominables poursuivants... Elle roulait, se déplaçait en mouvements étranges, s'étirait, se rétractait et détruisait leurs adversaires.

— Avance ! le fouetta Kali en sabrant un autre Profond d'un éclair ravageur.

— Mais où est Marie ? demanda-t-il encore.

— Elle arrive. N'aie pas peur pour elle, lui répondit la jeune fille aux allures d'ange de la mort.

Ils avaient presque atteint le limule de métal dont les portes béaient devant eux quand un Profond énorme leur barra le passage.

Kali se porta immédiatement à sa rencontre et déchargea son fusil électrique sur lui. La créature esquiva le faisceau d'éclairs qui se perdit dans la nuit et abattit ses griffes sur l'arme de la jeune fille, brisant le long canon.

Kali abandonna le fusil inutile et s'élança au-devant du monstre.

Le combat s'engagea entre la jeune hindoue et la créature. Kali aurait certainement triomphé si deux autres Profonds, du même gabarit, n'avaient rejoint le premier...

Et, là-bas, Dagon approchait, balayant tout sur son passage.

Ryan les crut perdus, mais un géant en scaphandre se dressa devant eux, aussi haut et bien plus massif que les Profonds eux-mêmes.

Avant que ces derniers ne réagissent, le colossal scaphandrier abattit une des créatures à bout portant. Une seconde en profita pour détruire son arme et tenta de l'éviscérer d'un coup de griffe.

Le colosse saisit le bras du monstre, força… Alors que ce dernier essayait de résister, il le déboîta dans un bruit sonore. La créature se tordit, frappa le casque du scaphandrier, brisant la glace de sa visière d'où s'échappa en sifflant l'air pressurisé, et poussa un horrible glapissement quand, d'un coup de poing magistral, son adversaire humain l'envoya à terre, inconsciente ou morte.

Le colosse en scaphandre, dominant l'hybride terrassé, saisit son casque brisé et le dévissa pour dévoiler les traits puissants du docteur Sauvage et ses yeux gris brûlant d'une flamme terrible.

De sa grande main gantée, il leur fit signe d'entrer dans le submersible, ramassa l'arme d'un autre scaphandrier tombé sous les coups de l'ennemi et, sans attendre un instant, ouvrit le feu. Alors qu'il achevait de parcourir les derniers mètres le séparant du limule, Ryan ne put empêcher son regard de suivre la silhouette héroïque du docteur qui, tirant d'une main et frappant de l'autre, retenait leurs poursuivants et arrosait même, lorsqu'il le pouvait, la masse effroyable de Dagon qui était à présent presque sur eux.

La chose noire et bouillonnante qui avait décimé les Profonds avait disparu, mais Ryan, stupéfait, vit Marie, nue comme au jour de sa naissance, apparition blanche au panache d'or, telle une fée égarée en enfer, qui courait dans leur direction devant les rangs bondissants des Profonds.

Elle s'engouffra dans le limule en même temps qu'eux et s'effondra, frémissante, contre une des parois de métal, les jambes ramenées contre elle, les bras autour des genoux, comme pour se protéger du reste du monde.

Derrière eux, les scaphandriers survivants se replièrent à leur tour, le docteur Sauvage en dernier, soutenant un de ses hommes d'un seul bras tout en fracassant, d'un coup magistral de son arme, le crâne d'un ultime Profond.

Les portes se soudèrent juste derrière lui, soustrayant à leur regard la forme cauchemardesque de Dagon qui se ruait vers eux de ses longs membres squameux, et une silhouette humaine solitaire, là-bas, sur les rochers.

Le véhicule s'abîma sous les flots… mais pas avant que Ryan n'entende résonner jusqu'à lui la voix de son frère.

— Tu reviendras, Ryan ! Tu reviendras, mon frère… Tu es des nôtres !

Mais Ryan ne l'écoutait plus, le regard posé sur Marie qui, recroquevillée contre le métal froid, comme en état de choc, les yeux fixes, tremblait de tous ses membres.

Touché par la détresse de la petite Française, il s'agenouilla à côté d'elle. Lentement, mû par un élan qu'il ne pouvait réfréner, il passa un bras autour de ses épaules.

Le regard qu'elle leva vers lui de ses yeux immenses, perdu, hagard, terrifié, celui d'une enfant égarée au détour de deux cauchemars, le bouleversa.

Il la serra contre lui, tentant de lui apporter un peu de la force et de l'espoir qu'elle lui avait donnés.

Elle résista, puis s'abandonna, posant sa tête sur son épaule, la poitrine secouée de sanglots silencieux.

Il ferma lui aussi les yeux, se laissant bercer par le roulis du submersible qui s'enfonçait dans les flots en direction du *Nautilus*.

Il était presque soulagé quand il entendit une voix tombée des haut-parleurs cachés dans le compartiment.

— Docteur ! Il nous suit !

CHAPITRE 18

Que meure pour toujours ce qui à jamais dort

À peine le limule était-il arrimé au *Nautilus* et son hayon arrière ouvert sur la baie des submersibles que le docteur Sauvage, après avoir demandé une couverture pour Marie dont Ryan l'enveloppa aussitôt, s'empara d'un cornet de transmission et ordonna :

— Nous les avons, Cornaline. Rapatriez tous les limules. Nous partons. Vite. Très vite !

Se tournant vers Marie qui, enroulée dans sa couverture, demeurait immobile, les yeux vides, il la félicita :

— Bravo petite.

C'était peu, mais son regard valait tous les discours.

Marie, malgré ce qu'elle venait de vivre, sa fatigue autant morale que physique, se redressa un peu.

Se tournant vers Kali, qui les suivait de près, il ordonna :

— Kali, amène-les tous les deux à l'infirmerie, s'il te plaît. Il faut qu'on les examine et qu'on s'occupe d'eux. Rejoignez-moi au poste de commande lorsque vous aurez terminé.

Les trois adolescents venaient juste de disparaître que le docteur se ruait vers la salle de contrôle dont la grande porte s'effaça devant lui pour lui révéler le dôme éclaboussé de clarté rouge. Au milieu des pupitres où s'agitaient officiers et techniciens se tenait Cornaline.

L'ambiance était pour le moins « électrique ».

Le sas se refermait à peine derrière lui qu'un des hommes clamait.

— Multiples contacts convergeant vers nous, Capitaine !

Point de stabilité au cœur du chaos, Cornaline Nemo, dans son uniforme sombre, se dressait au centre de la passerelle.

— Tous les limules sont rentrés ? demanda-t-elle.

— Tous ceux qui n'ont pas été détruits, répondit un autre opérateur.

— Alors nous partons. Pleine vitesse. Lâchez les mantas, qu'ils couvrent notre retraite.

Le docteur retrouva Sergueï qui, resté dans le vaisseau, ne perdait pas une miette de ce qui se déroulait autour de lui.

Il y eut une série de secousses. Dans un sillage de bulles, d'étranges petits sous-marins monoplaces en forme de raies mantas filèrent devant la grande baie du poste de commandement. Ils se dispersèrent autour du *Nautilus* avant d'effectuer un demi-tour et de disparaître vers l'arrière.

Comme le docteur arrivait près de lui, Sergueï tourna son regard dans sa direction et l'interrogea :

— Les autres ?

Il avait l'air réellement inquiet pour Marie, Kali et Ryan, qu'il ne connaissait pourtant que depuis très peu de temps. Peut-être fallait-il en chercher l'explication dans le fait que ces quatre adolescents partageaient une même malédiction, un pouvoir qu'ils n'avaient pas désiré, et qui les mettait à part du reste de l'humanité.

— Ils vont bien, l'assura seulement le docteur, les yeux fixés sur l'écran et le dôme.

— Quelque chose nous poursuit, Capitaine ! Quelque chose d'énorme, hurla soudain un des opérateurs.

— Sur écran ! ordonna Cornaline.

L'instant suivant, l'image tridimensionnelle du sonar s'affichait devant elle, montrant le *Nautilus* progressant au-dessus des fonds marins, et derrière lui…

— Il est presque sur nous ! cria encore le même opérateur d'une voix marquée maintenant par la peur. Il va nous…

Il n'eut pas le temps de finir. Une embardée violente secoua le sous-marin, projetant au sol tous ceux qui n'étaient pas bien arrimés.

Il y eut un terrible bruit de métal torturé, des hurlements, des cris.

— Voie d'eau au pont 12 !

— Évacuez ! ordonna aussitôt Cornaline. Fermez les portes étanches !

Le docteur, qui s'était accroché à un des pupitres, comme l'avait fait Sergueï, se tourna vers la jeune capitaine.

— Cornaline ! appela-t-il.

Mais elle n'écoutait pas.

— Que les mantas concentrent leurs attaques sur Dagon.

— C'est déjà le cas, Capitaine, mais on dirait que ça ne lui fait rien… Il ne ralentit même pas. Il…

L'opérateur n'eut pas le temps de finir. Une nouvelle secousse ébranla le *Nautilus*, qui vibra de toute sa structure. Les sirènes hurlèrent. Une voix synthétique clama :

— Voie d'eau au pont 8.

— Évacuez et isolez ! ordonna à nouveau Cornaline. Tubes torpilles arrière 1 à 6, armez et lancez !

— Cornaline ! répéta Sauvage en haussant le ton et en avançant d'un pas. Ça ne sert à rien.

De nouveaux soubresauts agitèrent le sous-marin. Sur le sonar, les formes de six objets allongés filèrent vers la créature.

Il y eut une explosion que l'on ressentit jusque dans le dôme. Sur l'écran du sonar, un point s'agrandit, devint un cercle énorme.

Tous retinrent leur souffle.

Le cercle se résorba, pour dévoiler la même silhouette qui se ruait sur eux.

Un autre coup, plus fort encore que le précédent. L'éclairage vacilla.

Cette fois, Sauvage se porta à côté du capitaine au visage tourmenté.

— Cornaline, il n'est qu'à moitié de ce monde. Vous ne pouvez le vaincre avec des armes conventionnelles. Il faut trouver son point d'ancrage dans notre réalité et le détruire.

— Docteur, je veux bien vous croire… répondit la jeune capitaine sur un ton excédé. Mais où est-il, ce point d'ancrage ? Vous le savez, vous ?

— Non.

Sauvage tendit un doigt vers Sergueï.

— Mais lui, il peut le savoir.

Sergueï, se retrouvant soudain point central de l'attention de tous, rendit son regard à Sauvage pour balbutier.

— Moi… Mais non… Je pas savoir… Je…

— Toi non, Sergueï… acquiesça le docteur. Mais celui avec qui tu as partagé ton corps, oui. Il peut le savoir. Il a accès à la plus grande bibliothèque qui ait jamais existé… et donc toi aussi.

Comme Sergueï le fixait sans comprendre, il ajouta :

— Tu dois plonger en toi-même, ou plutôt plonger en lui… faire venir le Yithien…

— Le quoi ?

— Le Yithien, celui avec qui tu as échangé ton esprit. Pendant qu'il sera ici, tu seras là-bas et tu auras accès à la bibliothèque de Yith. Tu pourras trouver la réponse et nous la rapporter.

Sergueï, terrifié à l'idée de convoquer cet être étranger dans son corps, secoua la tête.

— Non. Non je veux pas… Et si je pas pouvoir revenir ? Si lui garder mon corps. Qu'est-ce que je deviendrai, moi…

Sauvage allait-il argumenter pour le convaincre ? Il n'en eut pas besoin. Un nouveau coup ébranla le navire, des voix hurlèrent.

Sauvage leva un doigt.

— Si tu ne le fais pas, nous allons tous mourir, toi, moi, Cornaline, Marie, Kali, Ryan et les autres.

Sergueï hésita longtemps. Les cris ne cessaient de résonner d'un poste à l'autre, la panique gagnait le centre de commandement.

— D'accord... céda-t-il enfin. D'accord, je vais essayer.

— Maintenant ! le pressa Sauvage, tout en appelant deux gardes à qui il ordonna : Vous, tenez-le.

Les deux hommes en scaphandre saisirent Sergueï par les bras et le maintinrent alors qu'il fermait les yeux. Ses traits se figèrent. Il demeura immobile un long moment, sous les regards anxieux de Sauvage et de Cornaline.

— Je n'y arrive pas, grogna-t-il enfin, le front plissé par l'effort.

— Essaie encore, l'exhorta Sauvage.

Un coup formidable. Un grincement de métal horrible. Une nouvelle voie d'eau. Sergueï se raidit. Ses yeux s'ouvrirent à nouveau, mais ils avaient quelque chose de différent, un regard plus froid, plus aigu, lointain, scrutateur... Ils se posèrent tour à tour sur chacun d'eux. Tous, même le docteur, sentirent un frisson les parcourir tant ils comprenaient que ce n'était pas un humain qui les observait à travers ces pupilles pâles, mais un esprit plus vaste, une conscience étrangère qui les étudiait, comme un entomologiste étudierait des insectes.

— Où suis-je ? articulèrent lentement les lèvres de Sergueï avec une curieuse intonation, un phrasé déroutant. Qui êtes-vous ?

Une nouvelle secousse terrible fit trembler le *Nautilus*. Les gardes qui maintenaient le jeune Russe relâchèrent leur étreinte juste un instant.

Ce fut suffisant.

Échappant à leur prise, Sergueï, ou plutôt celui qui occupait son corps, se mit à courir vers le sas.

Les deux cerbères en scaphandre se lancèrent à sa poursuite mais, avant qu'ils n'aient pu le saisir, il se jeta sur un fusil électrique tombé au sol qu'il braqua aussitôt sur eux.

— Vous allez me dire qui vous êtes et pourquoi je suis ici ? demanda-t-il enfin d'une voix étrange, monocorde, purgée d'émotion, qui donnait le frisson.

Le canon se déplaça pour pointer Sauvage. Les yeux scrutateurs du jeune homme l'examinaient avec la froide précision d'un scalpel.

Il y eut un très long silence.

Un sifflement. Derrière lui, le sas s'ouvrit sur les silhouettes de Ryan, de Marie et de Kali qui, revenant de l'infirmerie, entraient dans le poste de contrôle.

Ryan, sans réfléchir, se jeta sur lui. Mais il avait présumé de ses forces. Le repoussant en arrière, Sergueï braqua sur lui le canon de son arme.

Un terrible instant, alors que la gueule noire se balançait à quelques centimètres de sa tête, que le froid regard de Sergueï, ou plutôt de celui qui pilotait son corps, semblait le disséquer depuis un abîme de temps et le transperçait, Ryan crut sa dernière heure venue…

Un nouveau spasme parcourut Sergueï. Son expression changea soudain du tout au tout. Il parut un instant égaré. Le canon du fusil s'abaissa. Il tituba… s'effondra.

Sauvage se précipita vers lui. Comme Ryan reprenait son souffle et calmait les battements affolés de son cœur, il soutint le jeune Russe et se pencha sur lui. Ce dernier murmura :

— Le totem… Le totem où était attaché Ryan… Le lien… C'est ça le lien…

Sauvage se tourna vers Cornaline.

— Capitaine ! hurla un des opérateurs. Il nous a dépassés, il…

Les mots étaient inutiles. Poursuivi par les torpilles des mantas, le monstre venait de les doubler, son corps écailleux éclairé par les explosions qui marquaient son sillage ou le frappaient en rafale, sans effet notable.

Parvenu à cinq cents mètres du *Nautilus*, insensible aux tirs envoyés contre lui, qui détonaient contre sa peau squameuse sans plus d'effet que des piqûres d'épingle, il fit demi-tour et se précipita vers eux.

Cette fois, il venait pour la mise à mort.

— Artilleur ! ordonna Cornaline. Verrouillez les missiles sur ce maudit totem et feu !

Déjà, la gueule monstrueuse de Dagon se ruait sur eux, sa bouche de batracien gigantesque béant sur un cauchemar de dents effilées qui s'apprêtait à se refermer sur la coupole.

Les tirs des missiles secouèrent le *Nautilus*. Les engins de destruction quittèrent le navire.

Tous retinrent leur souffle alors que, devant eux, la gueule hideuse devenait de plus en plus grande…

Sur l'écran, qui présentait à présent une vue du récif, l'île tout entière parut s'embraser, en particulier le promontoire où s'était trouvé attaché Ryan…

Sous les regards incrédules de tous les occupants du poste de contrôle, à l'instant même où s'élevait le brasier, la monstrueuse créature, ses mâchoires énormes grandes ouvertes sur le *Nautilus*, s'estompa, se dilua, pour enfin disparaître dans les abîmes…

Était-elle morte ? Simplement blessée ? Devant le *Nautilus*, il n'y avait plus rien, et les dernières torpilles des mantas se perdirent dans les profondeurs.

Dans le calme revenu, comme le *Nautilus* filait sous les flots, le docteur Sauvage, soutenant Sergueï inconscient, se redressa face à Marie et à Ryan.

— Docteur, commença la jeune Française. Il faut que je vous parle, il faut…

— Moi aussi, renchérit Ryan. Il faut que vous me disiez…

Le colosse au hâle de cuivre, devant les visages et les yeux suppliants des deux adolescents, leva l'une de ses grandes mains :

— Vous aurez toutes les réponses que je peux vous donner quand nous serons arrivés à notre QG.

Marie et Ryan renâclèrent. Sauvage comprenait leur frustration, mais il se montra intraitable.

Avant de prendre congé toutefois, Ryan ne put s'empêcher de demander, en désignant l'inscription en latin qui entourait le poulpe ailé transpercé d'une épée ornant son uniforme :

— Qu'est-ce que ça veut dire ?

Il s'attendait à une fin de non-recevoir, mais à sa grande surprise le docteur répondit :

— Que meure pour toujours celui qui à jamais dort.

Il y avait dans sa voix, lorsqu'il prononça ces mots, une étrange intonation et une détermination inflexible.

— Celui qui à jamais dort… commença Marie. C'est…

— Ce sera tout pour aujourd'hui, jeunes gens, nous avons tous eu notre dose d'émotion. Je vous en dirai plus, c'est promis, mais pas maintenant. Reposez-vous. Vous l'avez mérité… amplement mérité.

C'était une manière élégante de les congédier, et cette fois, malgré son regard bienveillant, c'était définitif. Les deux adolescents, ravalant donc leurs interrogations, s'éloignèrent vers le sas d'entrée.

Quand ils eurent quitté le poste de commandement et que deux matelots eurent emporté Sergueï pour l'amener à l'infirmerie, Sauvage ajouta, à voix basse :

— Le combat ne fait que commencer.

Derrière lui, la voix de Cornaline Nemo ordonna :

— Tous les mantas au hangar. Moteurs, pleine puissance.

— Quelle direction ? demanda un des matelots.

— L'île mystérieuse. Nous rentrons.

Ce fut la dernière chose qu'entendit Ryan. La porte du poste de commande se referma derrière eux.

Mais pendant qu'on les amenait, Marie et lui, jusqu'à leur cabine, résonnaient encore dans son crâne et ses entrailles les terribles syllabes de l'abominable chant :

« *Ph'nglui mglaw'nafh Cthulhu R'lyeh wgah'nagl fhtagn.* »

À lui aussi, son combat ne faisait que commencer.

Car il comprenait à présent, comme si elles étaient gravées dans sa chair, les paroles de l'odieuse mélopée préhumaine :

« Dans sa demeure de R'lyeh, la morte Cthulhu rêve et attend. »

Son regard croisa celui de Marie. Dans son visage d'ange, il y lut le même questionnement que le sien…

Épilogue

Rejeté par les vagues dans le port d'Innsmouth, Jonathan se relevait péniblement.

Le Rocher du Diable, frappé par les tirs du *Nautilus*, n'était plus qu'un brasier. Tout ce qui s'y trouvait avait été consumé. Quant à Dagon, il avait disparu dans les vagues.

Tout cela, c'était la faute de Ryan et des étrangers qu'il avait amenés avec lui.

Jonathan sentit une bouffée de rage terrible l'envahir. Un désir de vengeance contre celui qu'il y avait quelques jours encore il considérait comme son frère.

Alors qu'il s'apprêtait à se jeter à l'eau, à regagner les profondeurs et à rejoindre les siens, un bruit s'éleva derrière lui.

Il se retourna pour découvrir une énorme voiture, noire comme la nuit, aux vitres teintées, s'arrêter sur le port tout près de lui.

À peine avait-elle stoppé qu'un homme en costard sombre en descendait, patibulaire, les yeux cachés par des lunettes fumées.

Il ouvrit une des portières arrière.

Une femme en tailleur élégant en sortit à son tour. Ses cheveux bruns étaient attachés en un chignon strict, ses traits étaient séduisants, mais durs. On y devinait une intelligence acérée.

Jonathan se demanda qui elle pouvait bien être, lorsqu'il vit un des survivants d'Innsmouth, un des doyens, s'agenouiller devant elle et l'appeler « Maîtresse » en se répandant en excuses.

La femme abaissa son regard vers lui, comme elle l'aurait fait sur une vermine particulièrement répugnante.

De sa main gauche, que couvrait un curieux gant de cuir et de métal, elle exécuta un geste étrange, dont le mouvement sembla à Jonathan échapper à la réalité, se poursuivre dans des dimensions impossibles…

Un hurlement monta de la forme agenouillée alors que, sous les yeux horrifiés de Jonathan, la chair du malheureux commençait à se corrompre, à se désagréger, avant qu'il ne s'effondre au sol, en un tas frémissant encore animé d'un abject et douloureux souffle de vie.

Les yeux de la femme se posèrent sur lui.

— C'est lui ? demanda-t-elle à son chauffeur.

— Oui, Miss Moriarty, répondit l'autre.

Elle se pencha vers Jonathan. Comme il reculait, terrifié, elle prit son visage dans sa main, pas celle gantée de métal et de cuir, mais l'autre, une main douce et ferme.

— Ne t'inquiète pas, je ne te veux aucun mal, chuchota-t-elle d'une voix enjôleuse. Bien au contraire.

Elle se redressa pour ordonner :

— Amenez-le dans ma voiture.

Épilogue

Le garde du corps l'entraîna, mais pas avant que Jonathan ne l'entende murmurer, les yeux fixés sur l'océan dont la fureur s'apaisait peu à peu :

— Tu as gagné cette manche, John, mais ce n'est rien. Le temps est venu. Les étoiles sont alignées… Tu ne fais que retarder l'inévitable.

Elle poursuivit, avec un terrible sourire qui, à lui seul, valait toutes les promesses, toutes les menaces.

— Vous ne m'échapperez pas, toi et tes nouvelles recrues.

Sur ces mots, de sa main gantée du curieux mécanisme, elle se mit à tracer dans les airs d'étranges formes. Sa voix s'éleva, filtrée, amplifiée par un appareil qu'elle portait autour du cou, en d'inquiétants harmoniques qui se prolongeaient bien au-delà de ce que l'oreille humaine pouvait percevoir.

Devant elle, dans l'air, un vortex se forma, une faille, une brèche dans la réalité, façonnée par ses gestes et son chant. De l'autre côté de cette brèche… quelque chose répondit… quelque chose d'effroyable, d'inconcevable, qui approcha…

Bientôt, une forme noire, efflanquée et affamée, émergeait de la faille, une forme quadrupède qui n'était pas un chien, mais quelque chose de bien pire, toute d'angles et de saillies, dont la vision même était une torture pour l'esprit.

Jonathan, frémissant, fut heureux quand la portière de la voiture lui masqua cette apparition démoniaque.

Mais il ne put éviter d'entendre l'aboiement hideux qui monta de la chose alors que la voix de celle qui l'avait invoquée lui susurrait ses ordres en une mélopée abominable qui n'était pas adaptée à une oreille humaine.

Quelques secondes plus tard, un hurlement fantomatique, dont les octaves résonnaient jusque dans les os et au-delà de la matière, s'éleva dans le port d'Innsmouth avant de s'éloigner dans l'espace… et le temps…

La portière s'ouvrit. Miss Moriarty entra et s'assit à côté de lui.

— Au manoir ! ordonna-t-elle à son chauffeur avant de se tourner vers lui pour le couver de son regard fauve.

Et alors que la voiture démarrait, Jonathan, sous le feu de ces yeux-là, ce brasier assez fort pour brûler un monde, sentit sa volonté se dissoudre comme il tombait, corps et âme, sous la coupe de sa nouvelle maîtresse…

Fin du premier épisode…

Agence Lovecraft – la genèse

« Tiens ! Lis ça. Il y a des monstres. »

Ces paroles, cela fait presque quarante ans, maintenant, qu'elles résonnèrent à mes oreilles et je peux dire qu'elles ont changé ma vie.

Je devais avoir douze ans, à cette époque, peut-être un peu moins, et je venais, il y avait peu, de découvrir la lecture, je veux dire par là la lecture de « vrais livres »… les livres sans images.

Mon papa, amateur, je dirais même passionné, de livres, possédait une énorme bibliothèque. Le soir, il me lisait des histoires par lui choisies… Il me fit ainsi découvrir *Pour patrie l'espace* de Francis Carsac, puis les aventures martiennes de Leigh Brackett et de son héros, Eric John Stark, *Les Loups des étoiles* d'Edmond Hamilton, ou encore *Les Habitants du mirage* d'Abraham Merritt, et tant d'autres récits fabuleux… Il avait une voix envoûtante et savait mettre l'intonation quand il fallait pour me donner des frissons ou me faire vibrer.

J'avais donc attrapé, auprès de lui, le virus de la lecture et avais entrepris de piller sa bibliothèque. (À son grand dam. Mon papa était très maniaque avec ses livres, et moi, je dois le confesser, à l'époque, pas du tout soigneux. Il y avait donc quelques frictions. Je me voyais interdire l'accès à la bibliothèque et aux livres tant convoités, surtout les plus beaux, ce qui me donnait d'autant plus envie de les lire.)

Par chance, mon papa, en dehors des livres d'histoire, de sciences et les moult romans qui tapissaient nos murs, possédait un solide rayon imaginaire (et quand je dis solide…), genre qui avait ma prédilection et où se côtoyaient essentiellement auteurs de science-fiction et de fantastique, de van Vogt à Claude Seignolle.

J'avais donc de quoi faire et de quoi nourrir mon propre imaginaire en construction de récits fabuleux qui formèrent la base de mon propre style (puisque, désireux de montrer à mon papa que j'appartenais, moi aussi, à cette confrérie de magiciens capables d'ouvrir les portes d'autres réalités, j'avais déjà commencé à écrire de petites histoires…).

Ce matin-là, allez savoir pourquoi, je m'étais réveillé avec le désir de lire une histoire qui faisait peur. Une histoire avec des monstres. (J'ai toujours aimé, et j'aime encore aujourd'hui, les histoires avec des monstres. Il y a, chez les monstres, quelque chose qu'on ne retrouve pas chez les fantômes ou autres créatures surnaturelles.)

Comme j'avais un spécialiste de l'imaginaire à la maison, je lui avais donc demandé, sans détour :

« Papa. Je voudrais un livre avec des monstres. »

Il avait levé les yeux de l'ouvrage qu'il était en train de lire (ce devait être un livre d'histoire), m'avait considéré deux secondes, par-dessus sa moustache fournie (l'époque était à la moustache), s'était levé, avait marché jusqu'à sa bibliothèque et avait saisi un des livres qui se trouvait sur un des rayons du haut, avant de me le tendre et d'annoncer, d'une voix péremptoire, ces mots qui résonnent encore en moi à l'instant où j'écris cette préface :

« Tiens ! Lis ça. Il y a des monstres. »

J'avais pris le livre, l'avais regardé.

J'avais espéré que ce serait un des volumes de la fameuse collection Opta, reliés en toile et illustrés, avec de beaux monstres bien baveux superbement dessinés par quelques artistes de talent (Caza et Druillet, de grands noms de la bande dessinée, ont fait leurs premières armes dans cette collection prestigieuse)… mais non. Non, il ne s'agissait que d'un livre de poche assez banal, aux éditions Denoël, avec une couverture dans un dégradé de mauve pâle, avec, en médaillon central, une illustration représentant un visage étrangement découpé… vraiment rien d'effrayant… et pas de monstre.

Le titre en était *Je suis d'ailleurs* d'un certain « Lovecraft » (ce nom m'évoquait plus une histoire d'amour dans du papier d'emballage que celui d'un grand maître de l'horreur).

N'osant cependant pas contrarier mon papa, et ayant, après tout, confiance dans son jugement et ses goûts littéraires qui ne m'avaient, jusqu'à présent, jamais déçu, je saisis le parallélépipède de papier et l'emportai dans mon antre où je commençais à le lire, sans en attendre grand-chose…

Mais là, sur mon lit, dans cette maison des courants d'air, sur les hauteurs d'Aurillac, dès les premières pages, dès les premiers mots, tout cessa d'exister autour de moi, et je me retrouvai… ailleurs. En un lieu crépusculaire hanté de créatures monstrueuses et de puissances cosmiques pour qui l'humanité et son histoire ne sont que parenthèses dérisoires et vermines à balayer, où les portes de notre monde, partout, dans les « sombres recoins de la Terre », craquent et grincent sous les assauts d'entités effroyables venues de la nuit des temps ou des confins de l'espace.

Oui, je tombais dans Lovecraft, son style inimitable, que les profanes qualifieraient de « lourd » ou « baroque », surchargé d'adjectifs que jamais on ne peut recaser nulle part : « indicible », « comanchien » et tant d'autres, mais tellement délicieux. J'apprenais des mots que pas un de mes camarades ne connaissait, ni de près ni de loin, et me sentais détenteur d'un savoir secret et interdit, plus encore, des noms de créatures effroyables qu'aucune bouche humaine n'aurait été à même de prononcer : Cthulhu, Tsathoggua, Nyarlathotep (un de mes préférés), Yog-Sothoth, Shub-Niggurath…

J'apprenais aussi de terribles incantations, dont la meilleure, celle-ci : *Ph'nglui mglw'nafh Cthulhu R'lyeh wgah'nagl fhtagn* (Oui, oui, allez-y, essayez de la prononcer vous aussi, vous verrez si vous ne vous collez pas une crampe à la langue). Qui signifie, grosso modo, dans quelque dialecte préhumain : « Dans sa demeure de R'lyeh, la morte Cthulhu rêve et attend. »

Mais aussi le terrible diptyque tiré du Necronomicon, le livre maudit d'Abdul al-Hazred : « N'est pas mort qui à jamais dort, et en d'autres éternités peut mourir même la mort. »

Comme beaucoup d'autres (ne riez pas), persuadé de l'existence de ce livre maudit recelant les plus sombres secrets de l'univers, je suis même allé voir à la bibliothèque municipale pour savoir si elle ne possédait pas une copie profane du terrible ouvrage…

Car tel était le génie de Lovecraft : nous faire croire à son effroyable panthéon, à sa création littéraire et horrifique…

Je lisais tout Lovecraft, ses textes les plus fameux : *L'Appel de Cthulhu*, *Les Montagnes hallucinées*, *Dans l'abîme du temps*, *La Couleur tombée du ciel*, *L'Affaire Charles Dexter Ward*, et tous les autres… et quand il n'y en eut plus à découvrir, je les relisais et les relisais, encore et encore. Je m'en imprégnais. J'écrivais, sur ma vieille machine à écrire mécanique aux touches qui faisaient mal aux doigts, des nouvelles « lovecraftiennes » (qui devaient être totalement indigestes et d'une lourdeur effroyable. Mieux vaut que je les laisse aujourd'hui sommeiller dans les cartons où elles se trouvent, quelque part au fond de mon garage.).

Bref, je baignais dans Lovecraft, j'étais confit à Lovecraft jusqu'à la pointe du stylo.

Et comme ça ne suffisait pas, et que j'en voulais encore, j'ai aussi lu les textes de ses amis, collaborateurs et perpétuateurs, comme August Derleth, Frank Belknap Long, Clark Ashton Smith, Colin Wilson, Brian Lumley, Robert Bloch… J'en oublie. Je les aimais beaucoup aussi, même si aucun n'égalait le Maître.

Je me souviens particulièrement de la couverture d'un livre d'August Derleth, chez J'ai Lu, *Le Masque de Cthulhu*, dessinée par un artiste hongrois, Tibor Csernus, qui m'avait particulièrement dérangé et marqué. On y voyait des vêtements posés sur un fauteuil comme si leur propriétaire en avait été aspiré et qu'ils étaient restés dans la position où il se trouvait à cet instant-là. Cette couverture me hante encore aujourd'hui et, pour en avoir discuté avec d'autres, je ne suis pas le seul. C'est amusant.

Puis, petit à petit, j'ai lu à nouveau d'autres auteurs, ai enrichi ma palette de mille teintes littéraires. Lovecraft s'est peu à peu dilué dans un autre style... le mien. Je l'ai « digéré » comme on dit, aux côtés de Dumas, de Céline, de Seignolle et de tant d'autres... mais il en est toujours resté quelque chose et, parfois, quand j'en ai besoin, pour un passage particulièrement inquiétant et horrifique, je l'invoque dans mon clavier ou mon stylo...

J'ai des remontées de Lovecraft.

Il faut dire aussi qu'en 1984 sortit en France *L'Appel de Cthulhu*, le jeu de rôle créé par Sandy Petersen et inspiré de l'œuvre de Lovecraft.

J'avais alors quinze ans et vous pensez bien que j'ai été dans les premiers à me ruer dessus. Je me le fis offrir pour Noël, et le soir même du 25 décembre je faisais jouer à mes malheureux cousins et à un de mes oncles, qui ne comprenaient pas très bien ce qui leur arrivait, ma première partie en tant que maître de jeu ès tentacules... Et voilà qu'à peine un peu désintoxiqué, je retombais une fois encore dans Lovecraft, et, je dois le dire, n'en suis, depuis, jamais tout à fait sorti.

Mais mieux encore, mon meilleur ami, Lionel Marty, déjà grand dessinateur à cette époque (nous étions tous les deux en section A3, lettres et arts) était aussi « tombé dans HPL » et nous avons passé des heures fabuleuses à dessiner et à écrire des histoires pleines de monstruosités tentaculaires et à jouer ensemble d'incroyables parties de *L'Appel de Cthulhu* pour nos plus délicieux frissons…

J'en ai fait de ces parties ! Dans des salles de classe désertes et poussiéreuses au fond des annexes oubliées de notre lycée, qui s'y prêtaient si bien ; dans des baraques de vignes, au fin fond de la Corrèze, avec des draps aux fenêtres pour isoler du froid nocturne, des bougies pour seule lumière et les bois proches qui craquaient tout ce qu'ils savaient alors que nous évoquions quelque monstruosité en sabots haute comme un arbre et le nom effroyable de Shub-Niggurath…

Que de souvenirs ! Que de frissons cosmiques et poulpiques !

Jamais aucun réalisateur n'a réussi à traduire l'œuvre de Lovecraft sur grand ou petit écran, et c'est bien dommage. Cela reste donc une création essentiellement littéraire ou graphique.

Et justement… voici quelque temps, je ne sais pourquoi, peut-être parce que je voyais sortir beaucoup de choses inspirées de mon maître ès horreurs, dans tous les médias, de la littérature à la bande dessinée en passant par le jeu de société et l'audiovisuel, mais souvent assez décevantes, qui ne se servaient du nom de Lovecraft que comme argument commercial, j'ai eu soudain un retour de flammes. L'idée de cette série et son nom *L'Agence Lovecraft* ont jailli d'un coup. Tout s'est mis en place, les personnages, l'intrigue…

Je me suis dit : « Mais oui, c'est ça ! » C'est ça que j'aurais aimé lire aussi, quand j'avais cet âge… C'est comme ça que je me sentais, moi aussi, ce que Lovecraft a si bien résumé dans cette première histoire que j'ai lue de lui, *Je suis d'ailleurs*, qui commençait, je m'en souviens encore, par ces mots :

« Malheureux celui auquel les souvenirs d'enfance n'apportent que crainte et tristesse. Misérable, celui dont la mémoire est peuplée d'heures passées dans de vastes pièces lugubres aux tentures brunâtres et aux alignements obsédants de livres antiques, et de longues veilles angoissées dans des bois crépusculaires composés d'arbres absurdes et gigantesques, chargés de lianes, qui, en silence, poussent toujours plus haut leurs bras sinueux. Tel est le lot que les dieux m'ont accordé – à moi, l'étonné, le banni, le déçu, le brisé. »

Alors voilà, mes héros, comme moi à l'époque, et peut-être comme vous, sont un peu d'ailleurs, un peu différents, parias dans leur propre monde, et je me reconnais en eux…

Bref, je me suis régalé à écrire cette histoire, et je pense que vous le sentirez dans ces pages.

Pour ceux qui connaissent déjà Lovecraft, j'espère que vous l'apprécierez, car, même si je prends un biais différent, je reste tout le temps respectueux du maître de Providence et de son œuvre. Le titre n'est pas simplement là pour faire beau : chaque page de ce roman est imprégnée de H. P. Lovecraft, dans le fond autant que dans la forme.

Pour les jeunes lecteurs qui ne le connaissent pas encore, j'espère que cette histoire sera une porte d'entrée vers le monde d'horreur cosmique de ce grand écrivain et que nombreux seront ceux qui, après, tomberont dans ses pages et iront, à leur tour, demander à quelques bibliothécaires surpris, méfiants ou incrédules, s'ils ne possèdent pas, au fin fond de leurs rayons ou de leur réserve, une traduction du Necronomicon…

Et peut-être l'un d'entre vous en découvrira une ? Si c'est le cas, faites-le-moi savoir, et surtout faites attention à ne pas prononcer une de ces terribles incantations à la légère… on ne sait jamais ce qui pourrait advenir.

Mais en attendant de tenir dans vos mains le Necronomicon… tournez la page… ça commence… juste là.

Jean-Luc Marcastel, Aurillac, le 2 janvier 2021.

Table des matières

Découvrez en librairie
trois autres séries magiques,
également publiées chez
Gulf stream éditeur

SteamSailors

Dans un univers de machines extraordinaires et d'îles suspendues, laissez-vous porter par les vents à bord de *L'Héliotrope* pour un voyage inoubliable sur les traces d'une alchimie secrète et fascinante, depuis longtemps oubliée…

1. L'Héliotrope

2. Les Alchimistes

L'Ordre du Cygne

Une immersion au cœur d'un univers médiéval subtil, où l'issue des conflits dépend de l'esprit de fraternité et de la capacité à écouter de jeunes héros aussi fougueux qu'attachants.

1. Les Chevaliers de Camelote

2. Les Crocs de l'ombre

DE L'AUTRE CÔTÉ
DU MYTHE

PENTHESÍLEIA

ARIÁDNÊ

Une série qui fait basculer les lecteurs de l'autre côté des mythes de la mythologie grâce à leurs figures féminines, pour rendre à ces voix de l'ombre la place qui leur est due : au cœur de l'histoire.

Reproduit et achevé d'imprimer en mars 2021
par Abedik, en Pologne,
pour le compte de Gulf stream éditeur,
31, rue Alfred-Riom, 44100 Nantes
www.gulfstream.fr
Dépôt légal 1re édition : septembre 2021